奎文萃珍

# 南柯記

[明]湯顯祖 撰

文物出版社

圖書在版編目（CIP）數據

南柯記 / (明) 湯顯祖撰. -- 北京 : 文物出版社,
2022.3
（奎文萃珍 / 鄧占平主編）
ISBN 978-7-5010-7364-1

Ⅰ. ①南… Ⅱ. ①湯… Ⅲ. ①傳奇劇(戲曲) - 劇本 - 中國 - 明代 Ⅳ. ①I237.2

中國版本圖書館CIP數據核字(2022)第006424號

奎文萃珍
**南柯記** 〔明〕湯顯祖 撰

主　　編：鄧占平
策　　劃：尚論聰　楊麗麗
責任編輯：李子裔
責任印製：張道奇

出版發行：文物出版社
社　　址：北京市東直門内北小街2號樓
郵　　編：100007
網　　址：http://www.wenwu.com
經　　銷：新華書店
印　　刷：藝堂印刷（天津）有限公司
開　　本：710mm × 1000mm　1/16
印　　張：22.75
版　　次：2022年3月第1版
印　　次：2022年3月第1次印刷
書　　號：ISBN 978-7-5010-7364-1
定　　價：120.00圓

# 序言

《南柯記》，又名《玉茗堂南柯記》，二卷，明湯顯祖撰。傳奇劇本，『臨川四夢』之一。

湯顯祖（一五五〇—一六一六），明代戲曲家、文學家。字義仍，號海若、若士、清遠道人。江西臨川（今撫州）人。萬曆十一年（一五八三）進士，任太常寺博士、詹事府主簿、禮部祠祭司主事，因彈劾申時行，降爲徐聞典史，後調任浙江遂昌知縣，又因不附權貴，憤而辭官，未再出仕。曾從羅汝芳讀書，又受李贄思想影響。詩文集有《玉茗堂文集》《玉茗堂尺牘》《紅泉逸草》《問棘郵草》等；傳奇劇《牡丹亭》《邯鄲記》《南柯記》《紫釵記》，合稱『臨川四夢』（或『玉茗堂四夢』），以《牡丹亭》最爲著名。

《南柯記》大約完成于明萬曆二十八年（一六〇〇），共四十四出，取材于唐代李公佐的傳奇小説《南柯太守傳》。敘寫淮南軍裨將淳于棼被免職後，每日飲酒消愁。一日酒醉後夢入大槐安國（即螞蟻國），被招爲駙馬，和瑶芳公主成婚。後出任南柯太守，政績卓著。後檀羅國入侵，公主受驚而死。國王召淳于棼回朝，加封左相，權傾一時，又與瓊英郡主、靈芝夫人和上真仙姑在宫中淫亂無度。右相段功趁機進讒，淳于被免職，逐出槐安國。淳于棼夢醒，知是南柯一夢，經契玄禪師點破，方知大槐安國不過是大槐樹洞裏的螞蟻群，頓然彻悟：『人間君臣眷屬，螻蟻何殊？一切苦樂興衰，南柯無二。等爲夢境，何處何天？』遂立地成佛。湯顯祖借《南柯記》揭露了統治集團的黑暗腐敗，表達了其對于現實政治的失望和人生無常的感傷。該劇一改湯顯祖語言綺麗華美的風格，代之以本色淡雅的文筆。王驥德評曰：『其掇拾本色，參錯麗語，境往神來，巧湊妙合，又視元人別一蹊徑。技出天縱，匪由人造。』（《曲律·雜論》）吴梅對此劇極爲欣賞，贊其『奇情壯采，反欲突出三夢之上，天才洵不可及也』。（《中國戲曲概論》卷中）

《南柯記》版本較多，有明萬曆金陵唐振吾刻本、明刻朱墨套印本、明崇禎獨深居刻《玉茗堂四種曲》本、柳浪館刻本、明末汲古閣原刻初印本、汲古閣刻《六十種曲》本、清初竹林堂刻《玉茗堂四種曲》本等十多種版本。民國初年，劉世珩先據獨深居本重刻，爲《暖紅室彙刻傳奇》第十三種，後得柳浪館本，再參校諸本重刻爲《暖紅室彙刻傳奇》第十五種。劉世珩《玉茗堂南柯記跋》有詳細説明，云：『此《記》初亦據獨深居點次本，嗣得柳浪館批評本，前載目録，聯綴圖畫，惜畫有殘缺。卷首有總批一葉……即依此本付刻，批評圈點極其謹嚴。複合獨深居題詞、批語、圈點于一本。柳浪館本無邊批，并從獨深居本采入。字句偶有异同，加以按語，標出書眉。……有采臧吴興、獨深居兩本者，則標明「臧曰」及「獨深居本云」以别之……又以汲古閣、竹林堂各本互相勘訂。』除了采諸本之長，還對曲詞做了勘訂，其《玉茗堂南柯記跋》

曰：『余又依葉氏《納書楹譜》訂正曲牌詞句，取莊邸《大成宫譜》分别正襯格式。』是暖紅室本《南柯記》共參考了七個文本，足見刊刻之用心。書内共有插圖三十五幅，皆精美絶倫。末圖鎸有『宣統丙辰秋劉傅春姍影撫臧晋叔本原圖于上海楚園』。臧晋叔本，即指臧懋循改訂《玉茗堂四種傳奇》本，是暖紅室插圖據臧懋循本原圖重刻。傅春姍爲劉世珩繼室，擅長繪圖。

兹據民國六年（一九一七）劉世珩刻《暖紅室彙刻傳奇》本影印，以饗讀者。

程仁桃

二〇二二年二月

# 南柯記

暖紅主人曉虹

題南柯夢 戴獨深居本

夫蟻時術也封戶也雉堞具也甲冑從也黃黑鬬也君臣列也此昔人之言非臨川氏之夢也蟻而館甥也謠頌也碑思也象警也佞佛也此世俗之事臨川氏之說也臨川有慨於不及情之人而樂說乎至微至細之蟻又有慨於溺情之人而託喻乎醉醒醒醉之涫于生涫于未醒無情而之有情也涫于既醒有情而之無情也惟情至可以造立世界惟情盡可以不壞虛空而要非情至之人未堪語乎情盡也世人

覺中假故不情湣于寥中真故鍾情旣覺而猶戀戀
因緣依依眷屬一往信心了無退轉此立雪斷臂上
根決不致眼光落地郎槐國螻蟻各有深情同生切
利豈偶然哉彼夫儼然人也而君父男女民物閒悠
悠如寥不如湣于幷不如蟻矣幷不可歸於螻蟻之
鄉矣賢愚經云長者須達爲佛起立精舍見地中蟻
子舍利弗言此蟻子經今九十一劫受一種身不得
解脫是殆不情之蟻乎斯臨川言外意也震峰居士
沈際飛漫書

南柯記題詞 載獨深居本

天下忽然而有唐有淮南郡槐之中忽然而有國有南柯此何異天下之中有魏魏之中有王也李肇贊云貴極祿位權傾國都達人視此蟻聚何殊嗟夫人之視蟻細碎營營去不知所爲行不知所往意之皆爲居食事耳見其怒而酣鬬豈不央然而笑曰何爲者耶天上有人焉其視下而笑也亦若是而已矣白舍人之詩曰蟻王乞食爲臣妾螺母偷蟲作子孫彼此假名非本物其間何怨復何恩世人妄以眷屬富

貴影像執爲吾想不知虛空中一大穴也倏來而去有何家之可到哉吾所徵恨者田子華處士能文周弁能武一旦無病而死其骨肉必下爲螻蟻食無疑矣又從而役屬其魂氣以爲臣螻蟻之威乃甚於虎狼此猶死者耳湻于固儼然人也靡然而就其徵假以肺腑之親藉其枝榦之任昔人云夢未有乘車入鼠穴者此豈不然耶一往之情則爲所攝人處六道中嚬笑不可失也客曰人則情耳玄象何得爲彼示儆此殆不然凡所書禨象不應人國者世儒即疑之

不知其亦爲諸蟲等國也蓋知因天立地非偶然者客曰所云情攝微見本傳語中不得有生天成佛之事予曰謂蟻不當上天耶經云天中有兩足多足等蟲世傳活萬蟻可得及第何得度多蟻生天而不作佛夢了爲覺情了爲佛境有廣狹力有强劣而已清遠道人湯顯祖自題

# 南柯夢記總評 載柳浪館本

此亦一種度世之書也螻蟻尚且生天可以人而不如蟻乎

從來災異不應者未必不應之螻蟻諸國此宋人所不敢言也然實千古至論不意從傳奇中得之

余嘗謂情了爲佛理盡爲聖君子不但要無情還要無理又恐無忌憚之人藉口蘊不敢言不意此旨南柯記中躍躍言之

# 玉茗堂南柯記卷上目錄

玉茗堂南柯記卷上　　雜劇傳奇彙刻第十五種

柳浪館批評　　夢鳳樓　暖紅室　校訂

第一齣　提綱

夢鳳按柳浪館本原題作提世今從竹林堂本改提綱

南柯子（末上）玉茗新池雨金柅小閣晴有情歌酒莫教停看取無情蟲蟻也關情　國土陰中起風花眼角成契玄還有講殘經為問東風吹夢幾時醒（問答語）（照常）

登寶位槐安國土　隨夫貴公主金枝

有碑記南柯太守　無盧誰甘露禪師

## 第二齣　俠概

臧曰此引置詩餘中當是蘇長公流亞

夢鳳按柳浪館本作將氣今從獨深居本作壯氣

【破齊陣】（破陣子）生扮淳于棼佩劍上壯氣直冲牛斗鄉心倒掛揚州（齊天樂）四海無家蒼生没眼拄破了英雄笑口（破陣子）自小兒豪門慣使酒借大的烟花不放愁庭槐吹暮秋（蝶戀花）秋到空庭槐一樹葉葉秋聲似訴流年去便有龍泉君莫舞一生在客飄吳楚　那得胸懷長此住但酒千杯便是留人處有箇狂朋來共語未來先自愁人去小生東平人氏復姓淳于名

臧曰一男不生一女不死機鋒圓甚



棼始祖湻于髡善飲一斗亦醉一石亦醉頗留滑稽之名次祖湻于意善醫一男不生一女不死巧偶官拜倉公之號傳至先君曾爲邊將投荒久遠未知存亡至於小生精通武藝不拘一節累散千金養江湖豪浪之徒爲吳楚遊俠之士曾補淮南軍裨將要取河北路功名偶然使酒失主帥之心因而棄官成落魄之像家去廣陵城十里庭有古槐樹一株枝榦廣長清陰數畝小生每與羣豪縱飲其下偶此日閒羣豪兩散則有六合縣兩人武舉周弁吾酒徒也處士田子

夢鳳按柳浪館本無也字據臧本毛本補

華吾交友也今乃唐貞元七年暮秋之日分付家僮山鷓兒置酒槐庭以款二友山鷓何在〔丑扮山鷓上〕腿似水牯子臉像山鷓兒稟告東人置酒槐陰庭下二客早到也

〔搗練子〕〔淨扮周弁末扮田子華上〕花月晚海山秋人生祇合醉揚州慣使酒的高陽吾至友〔周〕小子潁川周弁是也〔田〕小子馮翊田子華是也〔周〕田我二人將歸六合去與淯于兄告別〔山〕主人槐陰庭等候見介

〔集唐〕縣古槐根出秋來朔吹高黃金猶未盡終日困

臧曰把大槐根究此是戲眼

香醪、（生）數日門客蕭條、令人困悶、（周田）連小弟二人、也是日晚歸舟特來告別、（生）二兄也要回去好不悶人也、槐庭有酒、且與沉醉片時、（酒介）

（玉交枝）風雲識透、破千金賢豪浪遊、十八般武藝吾家有、氣沖天楚尾吳頭、一官半職懶踟躕、三言兩語難生受、悶嘈嘈尊前罷休、恨叨叨君前訴休、（周田）槐庭下勾尊兄飲樂也、

（前腔）把大槐根究、鬼精靈庭空翠幽、恨天涯搖落三杯酒、似飄零落葉知秋、怕雨中妝點的望中稠幾年

夢鳳按獨深居本此語作此話

臧曰此曲便含生死之別非老作家必病其早矣

閒馬蹏終日因君驟論知心英雄對愁遇知音英雄散愁（周田二弟辭了）（生送賢弟一程）

急板令道西歸迎鸞鎮頭順西風薔薇玉溝送將歸暮秋送將歸暮秋舉眼天長桃葉孤舟去了旋來有話難周（合）向晚霞江上銷憂還送送怎遲留（周田歎介二弟此去可能更來）（生兄弟怎出此語）

前腔（周田）歎知交一時散休到家中急難再遊猛然間淚流猛然間淚流可爲甚攜手相看兩意悠悠腸斷江南夢落揚州（合前）

臧曰臨川增出二客姓名亦不妨

總評祇爲終日昏沉所以螻蟻作祟酒色巢相形影也可不戒乎



尾聲生根不和你落拓江湖載酒遊休道箇酒中交難到頭你二人去了呵我待要每日閒睡昏昏長則是酒周田下生弔場他二人又去了空庭寂靜好是無聊山鷓兒揚州有甚麼會耍子的人麼山那裏討那作想介有了則瓦子鋪後有箇溜二沙三兄弟會耍生既有此二人你待就去請來

一生遊俠在江淮　未老芙蓉說劍才
寥落酒醒人散後　那堪秋色到庭槐

## 第三齣　樹國

五

暖紅室

〔海棠春〕小生扮蟻王引淨末扮內官貼搽旦扮校尉執扇上〕江山是處堪成立有精細出乎其類萬戶繞星宸一道通槐里〔衆〕絳闕朱衣丹臺紫氣別是一門天地〔合〕把酒玉階前且慶風雲際〔衆行禮介〕我王千歲〔清平樂〕〔王〕綠槐風下日影明窗罅寶界嚴城宮殿灑一粒土花金價 千年動物生神端然氣象君臣真是國中有國誰言人下無人自家大槐安國主是也本為螻蟻別號蚍蜉行磨周天頗合星辰之度存身大地似蟄龍蛇之居一生二二生三三生之者衆萬

白甚好

獨深居本云戲曌夢鳳按柳浪館本作到周作到成獨深居本作及周作可成今從之

取千千取百衆卽成王臭腐轉爲神奇眞乃是明則動動則變變則化太山之於邱垤故所謂均無貧和無寡安無傾一年成聚二年成邑到三年而成都寡人有些蘊行夏后以松殷人以柏及周人而以栗槪國寄在槐安火不能焚冦不能伐三槐如在可成豐沛之邦一木能支將作酒泉之殿列蘭錡造城郭大壯重門穿戸牖起樓臺同人棟宇淸陰鎖院分雨露於各科翠蓋黃扉灑風雲於數道長安夾其鸞路果然集集朱輪吳都樹以葱青委是虩虩玄蔭北闕表

三公之位義取懷來南柯分九月之官理宜修備右
邊憲獄司比棘林而聽訟左側司馬府倚大樹以談
兵丞相閣列在寢門上卿早朝而坐太學館布成街
市諸生朔望而遊真乃天上靈星國家喬木樹在王
門之內待學周武王神禁無益者去有益者來聲聞
鄰國之間要似齊景公號令（典核）犯槐者刑傷槐者死此
乃爲君之法度要全立國之根基所喜內有中宮之
賢外有右相之助今日政機多暇且與君臣同遊筵
宴已齊右相早到

夢鳳按柳浪館本原題海棠春今從葉譜改正

夢鳳按柳浪館本及各本作何如今從獨深居本作云何

【劍器令】外扮右相上日宴下彤闈、承詔又趨丹陛、行禮介右丞相武成侯臣段功、叩頭千歲、王賜卿平身、今日召卿、知吾意乎、右愚臣未知、王國家所慮者、天地人三不同、且喜我國中、天無陰雨之兆、地無行潦之侵、有禮有法、國中無漏網之鯨、無害無災、境外有玄駒之馬、便是檀蘿無警、足知你槐林有人、待與卿遨翔宮樹之前、逍遥封壤之內、卿意云何、右君臣同遊、太平盛事、但國家還有十八路國公、四門王親、禮當侍駕、王衆國公王親、別行賜宴槐階之下、但與卿

獨深居本云不是套語

夢鳳按本調二曲柳浪館本題作惜奴嬌誤茲從葉譜勘正無私作無和誤

夢鳳按本調二曲柳浪館

同行介紫殿肅陰陰、形庭赫弘敞、風動萬年枝、日華承露掌、衆酒到右進酒介願我王進千秋萬歲酒、

黑夜行黑蟒序王大塊無私、費工夫點透了幽瑣玄微、謾道是帝虎人龍、立定朝儀、區區夜行船序也教分取河山王氣合希奇、今日風色晴和、暫擁出宮庭遊戲、

前腔換頭右階墀、新築沙隄、看高官貴種、絳幘黃衣、總千門萬戶、煩星點綴、依希太乙薇垣、吾王端冕、任意往來巡歷、合前

黑蟒序王須知秕粟能飛、一星星說理體性、誰無雄氣、恨

本題作鬭寶蟾獨深居本作前腔皆誤茲從葉譜更正下曲作思知亦誤據獨深居本改作思之

須些封壤、草朝粗立、吾志要行、天上磨還、聽海中雷、（合）且徘徊、看地利、天時、再行移徙、（右）臣啟大王、敢嫌國土微小、

（前腔）思之蟻虱臣微、共立成一國、非同容易、欺生靈說理、日逐貧忙、一粒何必平中堪取巧、節外更生枝、（合前）（王）久不曾槐陰下一遊、今日盡興觀賞、（行介）

錦衣香、荷濃陰、葉兒翠、映春光、蘇兒碧、來去瞻依、縱横條直、眼見參天百尺枝、似樓桑村裏、殢柳叢祠、一般兒重重遮蓋、到登基、龍庭朝會、但有分成些基業

豈嫌微細人眾成王排班做勢、

【漿水令】謝蒼穹調勻風日承后土盤固根基九重深處殿巍巍一綫之間九曲巡迴穿巷陌列朝市土階穴處今何世拜的拜跪的跪君臣有義走的走立的立赤子無知、

臧曰土階穴處今何世說佳

【尾聲】王俺建邦啟土登王位右相呵你入閣穿宮拜相奇、但願俺大槐安萬萬歲根兒蟠到底、

總評果然蟻有君臣

萬物從來有一身　一身還有一乾坤、

敢於世上明開眼、　敢把江山別立根、

臧曰以毘婆塔螻蟻爲澮

## 第四齣　禪請

淨扮契玄老禪師上集唐老住西峯第幾層、琉璃爲殿月爲燈、終年不語看如意長守林泉亦未能自家契玄禪師是也、自幼出家修行、今年九十一歲、參承佛祖、證取綱宗、從世尊法演於西天、到達摩心傳於東土、無影樹下、弄月嘲風、沒縫塔中、安身立命、可以浮漚復水、明月歸天、只爲五百年前有一業債、梁天監年中、前身曾爲比耶、跟隨達摩祖師渡江、比揚州有七佛以來毘婆寶塔、老僧一夕捧執蓮花燈、上於

于家南柯前因此槐安國可作楚世家

夢鳳按柳浪館本作不妨今從各本作不妨不妨

七層塔上、忽然傾瀉蓮燈熱油、注於蟻穴之內、彼時不知、當有守塔小沙彌、顏色不快、問他敢是費他掃塔之勞、那小沙彌說道、不爲別的、以前聖僧天眼算過此穴中流傳有八萬四千戸螻蟻、但是燃燈念佛之時、他便出來行走瞻聽、小沙彌到彼時分施散盞飯與他爲戲、今日熱油下注、壞了多生、老僧聞言甚是懺悔、啟參達摩老師父、老師父說道、不妨不妨、他蟲業將盡、五百年後、定有靈變、待汝生天、老僧記下此言、三生在耳、屈指到今、恰好五百來歲、欲往揚州

藏曰入定出定是法門體

了此公案老病因循你看這潤州城對著金焦好不山川攢秀禪堂幽靜我且入定片時看做甚麼境界也〔淨小生外搽旦扮僧俗四人持書上〕有時鶴去愁衡錫何處龍來喜聽經小僧和這居士們是對江揚州孝感禪智二寺住持祇因十方大眾之發心求契玄禪師而說法此間是甘露寺方丈捧書而進呀禪師入定敲他雲板三聲〔敲介〕〔契醒介〕四眾何爲而來〔眾跪介〕揚州合郡僧俗敬選七月十五日大會盂蘭虔請大師升座十方善信書疏呈上〔呈書介〕〔契〕起來

臧曰此駢語之佳者
書疏甚好當是臨川代筆
獨深居本云書疏生色

將書表白一番、展書念介、竊以某等生維揚花月之區、豈無惡業、接古潤金焦之境、亦有善緣、凡依玉蕊之花、盡抱香檀之樹、恭惟甘露山主契玄大師座下、性融明月、德普慈雲、中含三點之藏、帶一轉二外示十八爻之相、互五重三、鐘鼓不交、參截斷衆流、開覺路風幡無動、相掃除塵翳、落空華、見三世諸佛面目、本來人一切衆生語言、三昧于盂蘭盆裏、喝開朵朵金蓮寶月燈中、打破重重玉網、但見飲光微笑、普同大衆歸心、惟願慈悲、和南攝受、契玄貧僧、老病將臨、不奈過

江也（衆）只望法師憫念衆生慈悲方便（契背介）纔想起揚州螻蟻因果敢在此行

【正宮端正好】我則是二文殊降下這三天竺渡江南（主意）一蟻菰蘆金焦擺列鐘和鼓這寺裏有名甘露（回介）不去罷我看衲子們談經說誦的不在話下一般努（醒世）目揚眉舉處便喝唱演宗門有甚裏交涉也

【滾繡球】但說的是附雁傳書有要還鄉曲調無怎生是石人起舞怎生是新婦騎驢那裏有笑拈花喫菰枝則許你單刀直入都怎生被箭逃虛我這裏君臣

總評祇爲老僧饒舌螻蟻成精故今天下蟻作講師講師師如蟻

位上賓和主水月光中我帶渠世界如愚【眾作請介】

【契】既十方懇請則待過江走一遭

【倘秀才】恁待要三千界樓臺舌鋪不消的十二部經坊印模禪門三下板你塵世一封書目前些子看何如我這裏親憑佛祖四眾先行貧僧分付你

【煞尾】先在禪智院立一本百千萬億投名簿後在孝感寺掛一軸五十三參聽講圖除了那戒壇上石點頭則待看普諸天花下雨【下】

安排寶蓋與幡幢　方便乘杯一渡江

地震海潮人施法、管教螻蟻盡歸降、

## 第五齣　宮訓

【夜遊宮】老旦扮國母引外扮內官丑扮宮娥上宮樹槐根隱隱、從地府學成坤順【衆】畫扇影隨宮燕、引聽重門晝漏聲、花外盡【衆叩頭介】宮娥叩頭、娘娘千歲、【清平樂】【老旦】大槐秋色、世外朱塵隔、歌吹重重情脈脈、怕道有人傾國、　孔雀扇影分行、宮娥半袖通裝卻是洞門深杳、折旋消得君王、自家大槐安國母是也、初爲牝蟻、配得雄蜉、細如蟻虱之妻、大似蚊虻之

十三

暖紅室

毋偶爾稱孤道寡居然正位中宮有女瑤芳一人號作金枝宮主姿才冠世婚嫁及期授書史於上真仙姑學刺繡於靈芝國嫂昨承我王之命要求人世之姻必須有眼之人方得有情之婿我想起來則有姪女瓊英郡主能會瞧人待我先喚公主出來示以此意然後分付姪女依計而行〔眾〕公主到

〔前腔〕〔旦〕扮公主引搽旦扮宮娥上　幻質分靈蠢也會的施朱傅粉一般人物嬌和嫩這芳心洞房中誰簇緊〔見介〕女兒瑤芳叩頭娘娘千歲千千歲〔老旦〕公主

蓼鳳按柳浪館本原題作傍妝臺茲從葉譜勘正

臧曰四曲末句皆用人字是曲中本色

你年已及笄、名方弄玉、今日依於國母、他日宜其家人、四德三從可知端的、【旦】孩兒年幼、望母親指教、【老旦】夫三從者、在家從父、出嫁從夫、老而從子、四德者、婦言、婦德、婦容、婦功、有此三從四德者、可以爲賢女子矣、聽我道來、

傍甘羅【傍妝臺】【老旦】一種寄靈根、依然樓閣賀生存、論規模雖小、可乘氣化有人身、【八聲甘州】中宮忝作吾王正下國憑稱寡小君、【皁羅袍】掌司陰教、眉齊至尊、【傍妝臺】你須知三貞七烈同是世間人、

三從四德人亦有不如蟻者

前腔【旦】小小贅芳塵（念）瑤芳生長在王門、雖不是人間世、論相同掌上珍、寒餘窈窕深閨、曉暖至丰茸、別洞春、父王庭訓、娘親細論、難道這三從四德、微細的、醒、世、不如人。

玩仙燈【貼扮瓊英上】踏綻鞋跟、早向朱門步穩、自家蟻王姪女瓊英便是、娘娘有召、敬入則箇、見叩頭介、郡主瓊英叩頭、娘娘千歲、【見旦介】公主見禮、【旦】尊姊到來、【老旦】郡主聽旨、近因瑤芳長成、堪招駙馬、君王有命、若於本族內選婚、恐一時難得智勇之士、不堪扶持國家、要於人間招選駙馬、聞得七月十五日這揚州孝感寺、禮請契玄禪師講經、人山人海、都往禪智寺天竺院報名、到得其時、郡主可同靈芝夫人、上真仙子三人同往聽講、但有英俊之士、便可留神、(貼)謹遵懿旨、

傍甘歌(傍妝臺)(老旦)女大急須婚、不拘門戶則待有良姻、龍類中能煮海、蝶夢裏好移魂、(八聲甘州)(貼)和他同誰虹作夫妻、分了你蚌親父母恩、(排歌)俺抛眉暈、忍笑痕、(傍妝臺)可甚麽人烟聚裏看不出有情人、(旦)瓊英姐俺

夢鳳按柳浪館本作傍妝臺茲從葉譜勘正

虹作蚌親詎甚趣甚

夢鳳按獨深居本於虹作

便同你去聽講何如、〔貼〕公主體面未宜出遊、〔旦〕這等奴有金鳳釵一對、文犀盒一枚奉獻禪師講奉表我微情、

〔前腔〕光景一時新、待相同隨喜、終是女兒身、獻釵頭金鳳朵盛納盒錦犀文、〔貼〕也知妹子無他敬如是觀音著我聞、我將爲信、去講座陳、管教他靈山會裏值著箇有緣人、〔老旦〕郡主此非小可之事、

〔尾聲〕到花宮不少的兒郎俊、打疊起橫波著人、你去呵、休得漏洩了機關要老娘心上穩

蚌親邊加槓

不蘊藉

總評螻蟻親人豈是好消息慎矣淳郎危乎危也

選佛場中去選郎　禪牀側畔看東牀
疾去疾來須隱約　好音先報與娘行

## 第六齣　謅遣

〔字字雙〕〔淨扮溜二上〕小生家住古揚州。鋪後祖宗七輩兒喜風流。自幼衣衫破落帽兒颩。狐臭能吹木屑慣扶頭。郎溜〔自家揚州城中有名的一箇溜二便是。一生浪蕩。半世風流。但是晦氣的人家。便請我撮科打閧。不管有趣的子弟。都與他鑽懶幫閑。手策無多。口才絕妙。有那弔等眼子。敲他幾下。叫做打草驚蛇。

無過是脫稍兒鬆他一籌、則是將蝦弔鯉、著甚麼南莊田、北莊田有溜二便是衣食父母、難起動東鄰邀西鄰請則沙三是箇酒肉弟兄、知音的說是箇妙人好人老成人、少趣的叫我敗子倈子光棍子、且自由他笑罵、祇圖自己風光、這幾日不見沙三、尋他閑串去、

【前腔】（搽旦扮沙三上）賤子姓沙行十三、名濫、就似水底月兒到十三圓、泛六兒七兒巧十三、胡蘆官司弔起打十三、扯淡（溜）沙三你犯夜了、（沙）不犯夜、不是子

弟也、哥、溜兒弟這幾日嘴閉了、沙和你大路頭站去、山鷓上白雲在何處、明月落誰家、溜沙小哥、落在這裏、山大哥、我東人滔于家、要請溜二沙三官要子住在那門、溜沙我二人便是你東人、做甚麼生意、山做裨將、沙滋皮匠、叫我去幫鑽、山軍營裏副將哩、溜是那能飲酒的滔下公麼、山著、溜沙便去、便去、有酒舊傾蓋、無錢新白頭、下生上集唐、棄置復何道、悽悽吳楚間、相憶不相見、秋風生近關、我滔于婺休官、落魄頹酒、消魂爭奈客散孟嘗之門、獨醉槐陰之市、想吾

獨深居本云錐鍊
臧曰難道普乾坤醉眼偏祇許屈原醒何佳

生直任忑無聊也、

錦纏道我本待學時流、立奇功、俊名、談笑朔風生、怎如他蒼生口說難憑、便道你能奮發、有期程、則半盞河清、拚了、滴珠槽浸死、劉伶道的、箇百無成、祇杜康祠醮、住了、這窮三聖、做箇帶帽兒、堵酒瓶頭、直下酒淹衣、精、難道普乾坤、醉眼、偏祇許屈原醒。山同溜沙上三家酒注子一對、色哥兒山報介溜二沙三官到、見介溜小人名溜二、沙賤子郎沙三、生久聞纔識面、合十箇更酸醎、生怎生十箇更酸醎溜適間老翁說、

臧曰溜二沙三世所謂牽頭者使溜生孝感聽經若出一場大夢非遇玄師幾

把九文錢纔喫箇麵沒鹽醋的、因此小子加上一文、
生笑介敢問二位在城在鄉、
好姐姐（溜沙）廣陵郡中一城識溜二沙三名姓玲瓏剔透人前打眼睛隨尊興哩嗹花囉能堪聽孤魯子頭磕得精（溜做隻腳跪連磕二頭叫爺介）（沙唱）哩囉嗹介溜于兄孤老院耍去、（生）貧子行處怎生好去（沙）不是是表子鋪、（生）揚州諸妓我已盡知可別有甚麼消遣（沙）有、有、有孝感寺中元盂蘭大會僧俗男女都去潤州甘露寺請契玄禪師講經、（生）便去聽講如何（沙）

不醒矣

總評揚州城中溜沙衣鉢至今在也而且風移遠近大江南非無不溜矣無不沙矣

五戒供狀獨深居本云棒喝又云一本無禮字誤

那裏喫素湻于公貪酒哩（生）那有此話

（前腔）吾生醉鄉酩酊飲中仙也有箇逃禪中聖長齋繡佛到莊嚴得人世清山鷓兒看馬堪乘輿行隨白馬藏鞭影坐聽黃龍喝棒聲

忽忽意不樂　留人相伴閑

上方隨喜去　秋色滿盂蘭

## 第七齣　偶見

（普賢歌）（丑扮僧上）終朝頂禮拜如來人肉樣的蓮花業作臺一家兒酒和色三分氣命財領著箇鐵圍山

**難佈擺**小僧揚州府禪智寺、一箇五戒是也、五戒五戒、好些尷尬近因孝感寺作中元盂蘭大會、十方僧俗去請潤州契玄禪師講經、那禪師法旨威嚴、凡有聽講者先於小寺投牒報名、方去聽講、卻有西番一箇婆羅門名喚石延、客居小寺天竺院、此人善作西番胡旋舞、但有往來報名男女來此、他便施舞一回、俺寺中好不鬧熱也、目今天竺院水月觀音座前點起香燭、看甚人報名、咱且迴避、正是此中留半偈、別院演三車、【下】

獨深居本云
一本無小字



前腔【貼扮瓊英老旦扮靈芝小旦道扮上真姑上】天生微眇小身材也逐天香過院來一尖紅繡鞋雙飛碧玉釵小玉納汗巾兒長袖灑【貼】奴家瓊英郡主承國母之命和這靈芝國嫂上真仙姑聞來禪智寺報名孝感寺聽經就裏將瑤芳妹子玉釵犀盒施於禪師講前看有意氣郎君招與瑤芳爲婿這是禪智寺天竺院了池邊好座紫竹觀音那香案之上有報名疏簿我們不免焚香拜了簽名【貼老旦小旦同拜介】

黄鶯兒一點注香沉禮南無觀世音花根木豔低微

至言至言大而天地小而螻蟻無不如是真所謂一陰一陽之謂道造端乎夫婦察乎天地也夢鳳按獨深居本有此批而柳浪館以之作總評微有不同因兩存之

甚趣蹌寶林威光乍臨今生打破前生蔭【合】拜深深姻緣和合蟲蟻（眼目）一般心【貼】俺三人還將瑤芳妹子婚姻之事密禱一番【拜介】

【前腔】槐殿欲成陰把金枝付瑟琴尋花配葉端詳恁於中細任其間瞎吟無明到處情兒沁【合前】【小旦】俺們池邊消遣一會呀一箇回回舞上來了

【北點絳唇】【副淨扮回子石延上】【生】小西番恭持佛讚朔炎漢驀入禪關日影金剛爍自家婆羅門弟子石延的便是行腳中華寄食天竺禪院好不耐煩散心

一會、呀、三位女菩薩從何而來、請看俺婆羅門胡旋舞一會也、（貼老旦小旦笑介）請了、（內鼓介）（石舞介）

對玉環帶過清江引（對玉環）拍手天壇、風飄長繡幡、答剌兜綿、腰身拴束的彎、衫袖打欄斑、西天俏錦闌、燕尾翩翻、觀音座寶欄、（清江引）合掌開蓮瓣、散天香婆羅門、回笑眼、（內喝采介）（石）一筒騎馬官兒來、俺去了也、（下）（貼眾）有人來、我們且池邊浣手去、（洗手介）

縷縷金（生騎馬引山鷓上）無聊賴、不自憐、特來禪智院、打俄延、花落蒼苔面、誰舞胡旋、門前繫馬接了金

聽、有人兒喒瞧見、竹徑通幽處、禪房花木深、觀音座

前疏簿在此、我湻于棼就此拈香報名、拈香拜介

江水東風古江兒水湻于弟子、愁情一片、銷愁無處去聽

閑經卷、俺待簽名、寫介沉醉東風簽名自簽。觀音試觀。作

見、貼、介水竹池邊因何活現。貼笑回身介靈芝姬溼、

透這汗巾兒、掛在那處好、生背介此女子秀人肌膚、

香生笑語、世間有此天仙乎、回介小娘子的汗巾兒、

待小生效勞、掛於竹枝之上、貼笑遞汗巾生接掛介

這汗巾兒、粉香清婉、小生能勾似他、懷卿袖中、浥卿

總評姻緣和合螻蟻一般心是至言大而天地小而螻蟻無不如是如是真是一陰一陽之謂道造端乎



香汗、貼眾笑不應介沁光花影娟娟可人、生歎介俺湻于棼可是遇仙也、他他三回自語、一顧傾城、急節中閒、難以相近、不如且自孝感寺聽經去、山鷓兒看馬來、上馬介紫騮嘶入落花去、見此踟躕空斷腸、下貼此生有情人也、他也去聽經、喒瞧他去來、老旦咳、俺去不得、俺真是箇信女、把水月觀音倒做了、小旦怎麽說、老旦月信來了、貼罪過人、這等喒和上真姑去便了、

尾聲過別院、聽談禪、老靈芝之去也、喒和這上真仙、到

夫婦祭乎天地也夢鳳按此評至言以下與獨深居本批語同

講堂呵、把俺這覷郎君的眼梢兒再抛演、

爲看婆羅舞、相逢騎馬郎、

尋荷終得藕、池上白蓮香、

第八齣 情著 題。妍。

雜扮首座僧持釣竿上佛祖流傳一盞燈、至今無滅亦無增、燈燈朗耀傳今古、法法皆如貫所能、貧僧乃潤州甘露寺中契玄禪師首座弟子是也、自幼出家參承多臘、常祇是朝陽縫破衲、對月了殘經、近乃揚州孝感寺請師父說法、貧僧領著衆僧安排下香燈

獨深居本云千百一帝珠

花果、禪牀淨几、待師父升座、大衆動著法器、〈內動法器介〉小生丑外雜鼓樂引淨扮老禪師契立柱杖拂子上升座介〉高臨法座。唱宗風翠竹黃花事不同。但是衆星都拱北。果然無水不朝東。〈提拄杖介〉賽卻須彌老古藤。寒空一錫振飛騰。拄開妙挾通宗路。打斷交鋒迴避僧。〈執拂子介〉竪起清風灑白雲。河沙無地可容塵。將軍一事無巴鼻。兎角龜毛拂著人。取香來、〈拈香介〉此香、不從千聖得。豈向萬機求。虛空覷不盡。大地莫能收。香拈指頂。透十方之法界。薰四大之

網中拈綴一
二投之赤水
以聽一切人
撈摝



神州爇向鑪心祝皇王之萬歲願太子之千秋垂釣
介手把金鉤月一痕乘槎獨坐到河源悠悠泛泛經
千載影落魚龍不敢吞首座如何空卽是色契東沼
初陽疑吐出南山曉翠若浮來首座如何色卽是空
契細雨濕衣看不見閑花落地聽無聲首座如何非
色非空契歸去豈知還向月夢來何處更爲雲首座
多謝我師今日且歸林下來日問禪下契大衆若有
那門居士禪苑高僧參學未明法有疑礙今日少伸
問答有麼外扮老僧上有有有敢問我師如何是佛

契人閒玉嶺青。霄月天上銀河白晝風。外如何是法、

契綠蓑衣下攜詩卷。黃篾樓中掛酒葫。外如何是僧、

契數莖白髮坐浮世。一盞寒燈和古人。外多謝我師、今日且歸林下、來日問禪、下契垂釣介釣絲常在手中。拏影得遊魚、動晚霞、海月半天留不住、醒來依舊宿蘆花、大衆還有精通居士、俊秀禪郎、未悟宗機、再伸問答、有也是無、

謁金門前生上閑生活、中酒嗔花如昨、待近鑪烟依法座、聽千偈瀾翻箇、小生淳于棼、來此參禪、想起來

臧曰渞生三問煩惱因果而法師引詩句答之此宗門教也

獨深居本云數語和盤托出

癡人就是佛了又何待成

落拓無聊、終朝煩惱、有何禪機問對、就把煩惱因果動問禪師、見介小生淯于棼稽首、特來問禪、如何是根本煩惱、契秋槐落盡空宮裏。凝碧池邊奏管絃。生如何是隨緣煩惱、契雙翅一開千萬里。止因棲隱戀喬柯。生如何破除這煩惱、契惟有夢魂南去日。故鄉山水路依稀。生沈吟介契背介老僧以慧眼觀看此人外相雖癡。到可立地成佛。

謁金門後小旦道扮同貼上蓮步天臺躋趾。還似蟻本兒色旋磨上真仙竹院、人兒情似可再與端詳和。契笑

臧曰蟻子句與前第四折照應

夢鳳按柳浪館本原題作

（介）淳于生、你帶著眷屬來哩。（生回介）是好兩位女娘、（咬定）

（背歎介）禪師怎知我原無家室、（貼見介）大師稽首、（契）蟻子為何而來、（貼）為五百年因果而來、（契背笑介）是了、是了、叫待者鋪單、（末鋪座介）（響唱介）五十三單整齊、（契大舉來、）（貼響唱介）妙法蓮花經觀世音菩薩普門品、（契）六萬餘言七軸裝。無邊妙義廣含藏。白玉齒邊流舍利。紅蓮舌上放毫光。喉中玉露涓涓潤。口內醍醐滴滴涼。假饒造罪過山嶽。不須妙法兩三行。

梁州新郎（梁州序）人天金界、普門開覺、無盡意參承佛

梁州序茲從
葉譜勘正



座以何因果得名觀世音那佛告衆生遇苦但唱其名卽時顯現無空過貪嗔癡應念總銷磨求女求男智福多（賀新郎）合如是等威慈大是名觀世音菩薩齊頂禮妙蓮花（衆）觀世音菩薩云云何遊此世界云云何而爲衆生說法方便之力其事云云何

（前腔）（契）有如國土衆生應度種種法身隨化因緣說法以觀世界婆娑一切天龍人等急難之中與他怖畏輕離脫十方齊現豁似河沙遊戲神通一刹那（合）（前生）後來無盡意菩薩云云何（契）爾時無盡意菩薩啟

過佛爺、叫世尊、我今當供養觀世音菩薩了、當卽解
下頸上寶珠瓔珞、價值紫金百千兩、獻與觀世音菩
薩、說道、願仁者受此法施、那觀世音菩薩不肯受、爾
時佛告觀世音、你可哀愍無盡意和這四衆、權受下
了這寶珠瓔珞、那觀世音菩薩、因佛爺有言、受了瓔
珞、分作兩分、一分奉釋迦牟尼佛爺、一分奉多寶佛
爺的塔、你衆生們、聽講這經、要知觀世音菩薩有如
是自在威神、普同發心供養、衆弟子們頂禮受持、生
謹參太師、小生曾居將帥、殺人飲酒、怕不能度脫也、

藏曰引經以天大將軍人非人等身度豈但法師神通臨川於內典亦深矣



契經明說著應以天大將軍身度者、菩薩卽現其身而度之、有甚分別、貼問介稾參太師、婦女如何、契笑介經明說應以人非人等度者卽現其身而度之、貼作驚介對小旦背介這太師神通廣大不說應以女身得度、到說箇人非人、你再問他、小旦問介太師、似我作道姑的、也可度爲弟子乎、契你那道經中已云道在螻蟻、則看幾粒飯散作小須彌、怎度不的、貼小旦跪介太師眞箇天眼、還有箇妹子瑤芳深閨嬌小、未克參承、附有金鳳釵一雙、通犀小盒一枚、願施講

夢鳳按獨深居本作奇哉此女

好甚

筵望太師哀懇起唱介

前腔紫衣師天眼摩訶他頸鶯嬌幾曾有瓔珞待學盡形供養化身難脫待把寶珠抽獻比龍女如何自笑身微末施的些兒箇恨無多一分能分做兩分麽

合前生背介奇哉奇哉回介大師金釵犀盒願借一觀看介回盼小旦貼介人與物皆非世間所有

前腔巧金釵對鳳飛斜賽暖金一枚犀盒背介看他春生笑語媚翦層波把靈犀舊恨小鳳新愁向無色好

詞天邊惹契冷笑介生回唱價值千百兩未多些一笑

拈花奉釋迦合前生太師此此女子從何而來契背介

此生癡情妄起倩觀音座前白鸚哥叫醒他內作鸚

哥叫介蟻子轉身蟻子轉身契湝于生可聽的麽生

道是女子轉身女子轉身契笑介日中了法衆住參

啗入定去來大千界裏閑窺掌不二門中暗點頭下

生禪師去了到好絮那小娘子一會敢問小娘子尊

姓小旦貼不應介生貴里又不應介生敢便是前日

禪智寺看舞的小娘子麽小旦貼笑介是也生吱喲

節節高雙飛影翠娥妙無過這人兒則合向蓮花座

藏曰此處卽點出妹子還妙句益使讀生心蕩魂搖不能自持矣

（貼笑介）我有箇妹子還妙哩（生笑介）纔說那鳳釵犀盒就是那妹子附寄的麼他言輕可誰看破空提作世間人敢則有那人閒貨妹子妹子你有鳳釵犀盒央他送在空門何不親身同向佛前囉和我拈香訂做金鈿盒（小旦）啐你也叫他妹子哩（生）呀我渲于夢好是無聊小娘子請了無語落花還自笑有情流水爲誰彈（下）（貼）上真子這生好不多情也（小旦）看來駙馬無過此人

【前腔】相逢笑臉渦太情多暮涼天他歸去情無那牙

輭美



兒嗑影兒那心兒閣向人天結下這姻緣大（貼）這生我常見他來（小旦）你不知和我國裏相近湻于生名棼的便是（合）大槐邊宋玉舊東家做了羅浮夢斷梅花卧我們歸去來

（尾聲）這一座會經堂高過似綵樓多是箇人兒都不著科瑤芳瑤芳我和你選這箇人兒剛則可

似蟻人中不可尋　觀音講下遇知音

有意栽花花不發　無心插柳柳成陰

總評嗚呼今之講師且如蟻矣又烏能辨其人非人吾敢曰僧非僧

## 第九齣　決婿

三十

暖紅室

臧曰螻蟻也知春色用得恰好

夢鳳按柳浪館本作也合作帝子今從獨深居本改夜合從臧本改貴客

夢鳳按柳浪館本題作西江引前西江引後月字作引字今改正

西江月前〔老旦引末扮內官丑扮宮娥上〕螻蟻也。妙知春色宮槐夜合。朝開生香一搦。女嬌孩少甚王孫貴客。自家蟻王娘娘是也。為遣姪女瓊英參禪聽講方便之中。因為公主瑤芳選取駙馬。早晚到來。宮娥伺候。〔宮娥應介〕

西江月後〔貼上〕郎客青袍駿馬。女兒窄袖弓鞋。他生未卜此生諧。還則要宮闈聽采。〔見叩頭介〕啟娘娘。郡主瓊英復命。〔老旦〕講座之中。可得其人。〔貼〕有一偉秀人才。姓淳于名棼。是這廣陵人氏。同在講筵。我和上

敘得清勁

臧曰槐陰不遠連理就中開語佳

真子於講下獻上公主的犀盒金釵此生顧盼有餘賞歎不足他既垂情於咱咱堪留目於他若婿此人堪持咱國

黃鶯兒天竺見他來順稍兒到講臺眉來語去情兒在睃他外才瞟他內才風流一種生來帶娘娘你道此人住居那裏合暢奇哉槐陰不遠連理就中開

前腔老旦天與巧安排這多情看寶釵向燒香院宇把人兒賽貪他俊才賠他箇女才這姻緣一種前生債合前

總評螻蟻也知春色好倒拖花瓣過東牆湻于生將爲花瓣矣言及於此令人發痒

尾聲便奏知國王如意好宣差、差的紫衣使者去相迎待、待他睡夢了、呵少不得做駙馬吾家居上宰、

選郎須得有情人、誰似湻于好色身、

欲附玄駒爲貴婿、始知騏驥在東鄰、

## 第十齣　就徵

臧曰起二句尋常語也入曲最佳

臧曰曲中咳哥誰兄空五字皆以韻代哫字本新安俶法吳下以

駐雲飛生作懶態上伶俐癡呆萬事難消一字乖有的是年華大沒的是心情奈咳獨自倚庭槐把日遮天矮聽他唧嚠嘮叨絮的我無聊賴死向揚州不醉哈記得誰家金鳳釵我湻于棼人才本領不讓於人、

爲笑端不知西廂有云哈怎生不肯回過臉兒來亦一字一韻也至哥兒字出花面之口亦何異焉



到今三十前後、名不成婚不就、家徒四壁、守著這一株槐樹、冷冷清清淹淹悶悶、想人生如此、不如死休、前在孝感寺、聽了禪師講經回來、一發無情無緒、我可甚打起頭腦來、止有一醉而已、古人說的好事大如山醉亦休、罷了、獨言獨語、撇下了山鷓兒、我儘意街坊遊去、但有高酒店鋪、顛倒沈醉一番、正是、不消阮籍窮途哭。但學劉伶死便埋。〔下山虎上〕好笑、好笑、没煩惱、趁煩惱、我東人百般武藝、做了箇淮揚裨將、使酒丟了這官、鬱鬱不樂、那酒友周弁、田子華、又散

臧曰檀樹下歇晝是檀蘿國張本

歸六合去了、不禁蕭索、請的箇溜二沙三、陪話解悶罷了、卻被溜二沙三、勸我東人去孝感寺、聽講甚麼經、自那聽經回來、一發癡了、不是醉、便是睡、沒張沒致的、恰纔我溪邊檀樹下歇晝來、不知東人就往那裏去了、怕他鬼迷一般、或是醉倒在街坊不雅相待去尋他、又無人看家、怎生是好、望介好了、好了、溜二沙三官正來哩、溜沙上、酒見酒好、朋友酒見茶是冤家、山鷓哥主人在麼、山正來央你二位看家、我尋主人去、溜沙恰好、恰好、你迎接主人去、持將可憐意看

取前眼人下

前腔山鷓一手提酒壺肩扶生醉上山落托摩陀爛醉如泥可奈何你喤的喉兒挫俺閃的肩兒那內笑介好醉也山哥醒眼看人多恁般低垛半落殘尊又帶去回家嗑萬事無過一醉魔萬醉無過打睡魔溜沙上吱哟這是怎的來山好笑好笑再尋不見可憐醉倒在禪智橋邊酒樓上扶的下樓又捨不的這半瓶酒可為甚來東人到家了醉松些

前腔生這幾日迷癡作跌介眼似瞪瞪腳似槌有箇

醉一作醒

妙句驚人夢鳳按獨深居本云俊句驚人

佳辭都入三昧

青兒背少箇紅兒睡（沙叫介）浯于兒你何處來醉的不尋常也（生作不知介）誰道俺去何來尋常沾醉醉影柴門亂蹋的斜陽碎老向霜紅葉上催（吐介）（溜沙吱也一肚子都倒在我兩人腿脚上好酒好酒山鷓哥快取茶來

【前腔】你汎濫流瓊倒玉山因一盞傾待把你衣冠正你好把蹺兒定（取茶進介）兒靠著小圍屏一杯清茗瀟灑西風醒後留清興和你待月乘涼看小螢（生倦介扶俺東廡下睡去那瓶酒好放著（山東人你醉的

夢鳳按柳浪館本作驢般江上脫空字據獨深居本改驢馱補空字

獨深居本云笙簫在耳

臧曰淳生夢中朦朧見二紫衣跪前如此景象最耐

這般還記得這瓶酒、

前腔好不惺惚、似太白驢馱、壓繡驄、醉的那軀勞重、枕席無人奉、生空、江冷玉芙蓉、水天秋、弄門院蕭條做不出繁華夢、扶睡介祇落得枕上涼蟬訴晚風、山再煎茶去、溜沙我們洗脚去、隨他睡覺、這是人家堂上堪飲酒、自家房裏好安眠、下末小生扮二黑巾紫衣官衆雜引牛車上、爲築王姬館、叨乘使者車、俺兩人大槐安國使者、便是奉國王命召請淳于公爲駙馬、他正睡在東廊、直入則箇、叫介淳于公、生驚醒介

臧曰秋窗風翦槐葉初可入詩話

夢鳳按獨深居本此作向

是誰、一、紫衣跪介

【瑣南枝】槐安國王者都、吾王遣臣來奉書、生因何而來、紫主命有些須微臣敢輕露、生睡得正甜、紫扶生起介請下榻、俺紅袖扶、俺那裏有東牀坦君腹、

【前腔】生從空下甚意兒、正秋窗風翦槐葉初、一枕黑甜餘雙星使臨戶、作伸腰介喒朦朧醒申欠舒整衣行嬾移步、雜引牛車上介

【前腔】紫有青油障、小壁車駕車白牛當步趨、紫請生上車介左右有人俱扶君出門去、生向那裏去、紫此

妙謔解頤
獨深居本云
書笑



古槐樹穴下而去。生怎生去得。紫古槐穴國所居莫遲疑請前驅。一紫衣先下。生問一紫衣介槐樹小穴中。何因得有國都乎。紫淳于公不記得漢朝有箇竇廣國。他國土廣大也。祇在竇兒裏。又有箇孔安國。他國土安頓也祇在孔兒裏。怎生槐穴中没有國土。前合古槐穴國所居莫遲疑但前去。下丑雜執棍引右相上秋光滿槐葉。春色候桃夭。自家槐安國右相武成侯段功便是。吾王傳令請東平淳于生爲駙馬。請到時。東華館中少待。俺相見過了。後朝見。祇駙馬初到此中、精神恍惚、恐其不安、他平日有箇酒友周弁、有箇文友田子華、已奏過吾主、攝取他來、將周弁補司隸之官、領軍吏數百、巡衛宮殿、請田子華替他賓館中更衣贊禮、這不在話下、又國母懿旨、著上真姑、裙靈芝夫人、瓊英郡主、同去賓館中探望駙馬、調熱其心、方纔請去修儀宮、與金枝公主成禮、我如今且待駙馬到東華館拜望去、正是、仙郎高館下、丞相小車來、（下）前二紫衣同生坐牛車上介

前腔（生）車箱路古穴隅谿然、見山川風候殊、（低語介）

夢鳳按柳浪館本作迴避不叶從獨深居本改避路臧曰爲甚著行人都避路湻生作此疑慮方與後遣生時有照應

怎生有這一段所在、不斷的起城郭、車輿和人物、奇恠、奇恠、一路來、但是見我的、都迴避起立、何也、附車者、儘傳呼、爲甚呵、著行人、多避路、紫跪介已到國門、生好一座大城、城上重樓朱戶、巾門金牌四箇字、念介大槐安國、紫曰扮卒執旗上傳令旨、傳令旨、王以貴客遠臨、令且就東華館暫停車駕、卒叩頭走起同向前導行介生城樓門東、有這座下馬牌、怎左邊廂朱門洞開、紫到東華館了、請下車、生下車入門背笑介這東華館、內綵檻雕楹、華木珍果、列植於庭、下几

總評附馬亦可名附蟻蓋馬蟻是二是一猶勝於今之附狗者也有一諺語以舉人之婿爲附狗故耳蓋從帝王順數而下進士附驢舉人附狗云

案茵褥、簾幃殽膳、陳設於庭上、俺心裏好不歡悅也、

內響道介丑雜引右相上介紫右相到、右相見介寡君不以做國遠僻、奉迎君子、託以姻親、生芬以賤劣之軀、豈敢是望右有紫衣官在此演禮、五鼓漏盡、相引見朝、

且就東華館、通宵習禮儀、

雞鳴傳漏曉、駙馬入朝時、

## 第十一齣　引謁

點絳唇周弁引丑雜扮值殿上古洞、今朝、一般、籠罩、

末扮黃門官上【山河小鐘隱鳴梢】(合)綠滿宮槐道請
了綠槐根裏侍朝班一點朱衣劍珮環盡道官除漢
司隸此間那得似人間自家周弁是也平生好酒使
氣今日大槐安國中作一司隸之官統領軍吏數百
擁衛殿門有故人淳于棼新招駙馬初到朝見不免
和黃門官在此候駕
【前腔】王插花引老旦搽旦扮內官旦貼執符節宮扇
上素錦霜袍朱華玉導紅雲曉槐殿裏根苗也引的
紅鸞到朱華一粒戴鼇魚洞府深深小殿居開著五

門遥北望外頭還似此間無自家槐安國王有女金枝公主去請淳于棼爲駙馬想已到來不免升殿宣見（黃門跪介）奏知我王駙馬已到（王）著右丞相引他升殿（黃門應介領旨）

【絳都春序】（生隨右相上生）槐陰洞小怎千門萬戶九市三條猛然百步把朱門到段老先生呵怎生金殿上鑪烟繞（右）是吾王端嚴容貌看殿頭左右金瓜玉斧明晃晃周遭（生作怕介）

【前腔】猛然心跳便衣衫未整造次穿朝（周弁見介）駙

獨深居本云夢境

臧曰天顏有喜二句佳

總評恭喜淳于得此蟻丈人也今世丈人固如蟻安

馬行動些。殿上等久。生聽。怎生將駙馬來相叫。低語介喜得周弁也在此。向前欲問難親靠。右駙馬近前一同拜舞。丹墀下揚塵舞蹈。生同俯伏介右微臣奏復天顏有喜。駙馬來朝。黃右丞相起。駙馬高聲致詞。右相叩頭呼千歲起立介生跪高聲奏介前淮南軍裨將臣東平淳于棼見。黃門官贊拜興拜興三叩頭介黃駙馬俯伏聽令旨。王寡人有女瑤芳。封爲金枝公主。前奉賢婿令尊之命。不棄小國。許以金枝奉事君子。生俯伏介千歲。千歲。千歲。王駙馬且就賓館。黃門官

有丈人如此蟻者乎吾謂此蟻可後堯也

說破本色贓巨駙馬暫住東華館令郡主輩探望又攝周田二友同在其國此本傳也唐人小說家周匝如是故臨川爲邯鄲南柯二傳奇皆不敢妄有增益而埋伏照

唱〔相駕還宮〕內鼓響導王還宮生右相跪送介〔殿上衍行叔孫禮、宮裏纔成公主親、（下）

## 第十二齣　貳館

丑扮聽事官上〔出身館伴使、新陞堂候官、前程（確）螻蟻大禮數鳳凰寬自家槐安國東華館一箇堂候便是、我王新招駙馬見朝、暫停賓館、今夕良時往修儀宮、與金枝公主成親、你看一路上擺列金羔銀雁各二十對、鸞鳳錦繡各百二十雙、妓女絲竹之音車騎燈燭之盛、無不齊備、真箇天上牛女、地下螻蟻也、遠望

玉茗堂南柯記　卷上　四十　暖紅室

應皆悉備矣
夢鳳按柳浪館本題作上林春誤今從葉譜訂正
獨深居本云曲俱到家
獨深居本云按譜南北出隊子俱不合而第一調末



駙馬早到、

步蟾宮後（生蟒衣盛服上）平步忽登天子堂、尚兀自意迷心恍、俺淳于棼有何姻緣得到此間、瞻天仰聖、說及成親一事、承賢婿令尊之命、此語好不蹺蹊、我父昔為邊將、未知存亡、或是北邊番王與這槐安國交好、家父往來其間、致成茲事、也未可知、呀、兀的三位女客來了、

出隊子（小旦道扮同老旦貼上）鳳冠明漾、鳳冠明漾、綵碧金鈿珠翠香、烟絲繡帔晚風颺。誰在東華屋裏

句獨重唱何所本　夢鳳按第一調末句重唱謂之前合此類甚多並爲註明

張、呀恭喜滔于郎到此、（生羞避介）（衆）卻是滔、郎、做了、阮郎、（小旦）滔于郎、（生作揖介）（小旦）滔于郎、比前與了些、（貼）瘦了些、（老旦）待我向前摸摸、他是與是瘦、（生作羞避介）（小旦）滔于郎粗中有細、（貼笑介）還是細中有粗、（老旦）好一箇赤瑕當五寸長牛鼻子、（生作不耐煩介）（老旦）中元之日、俺們禪智寺天竺院看舞婆羅門、足下與瓊英娘子、結水紅汗巾掛於竹枝之上、君獨不憶念之乎、（生想歎介）（貼）俺們曾於孝感寺聽契玄師講觀音經、俺於講下供養金釵犀盒、足下於筵中

昔皆蒼蠅附驥今卻螻蟻附馬又添一故實矣

藏曰詞中如卻是渲郎做了阮郎帽兒光光風流這場皆曲中本色語也



賞歎再三、顧盼良久、頗亦思念之乎、〔生〕想介中心藏之、何日忘之、〔小旦〕不意今日與此君遂爲眷屬、俺們且去修儀宮相候、〔前合〕卻是渲郎、做了阮郎、〔下〕

〔前腔〕〔田子華冠帶引隊子上〕綵樓賓相、綵樓賓相、不向天臺向下方金枝公主字瑤芳得尙渲于一、老郎他帽兒光光、風流這場、〔見介〕駙馬請上、別來無恙乎、謹奉王命、來爲賓相、〔生〕子非馮翊田子華乎、〔田〕便是〔生〕子華何以在此、〔田〕小弟閒遊、受知於右相武成侯段公、因而棲託在此、〔生〕周弁也在此、可知之乎、〔田〕周

獨深居本云
字字逗出

弁貴人也、職爲司隷、權勢甚盛、小弟數蒙其庇護矣、
生笑介三人俱聚於此、庶免羈孤之歎、可喜可喜、紫
衣上騎馬吉時、進宮成禮、田不意今日覩此盛禮、願
無相忘、便請升車、紫衣扶生升車介雜執燈上行介
前腔衆步圍金障、步圍金障、彩碧玲瓏、數里長花燈
引道照成行、生子華兄、咱端坐車中意惚恍、田笑介
騎馬亨用、禮之當然、且自安詳、何須悒怏、下貼衆上
奏樂戲笑介
前腔翠羅黃帳、翠羅黃帳、夜合宮槐、覆苑牆、偶然同

臧曰瀉于惶惑田生勸解皆有做法

總評世上美人如蟻此邪蟻似美人抑奇矣異矣

向佛前香粉帕金釵惹夢長（生衆上介）合眼色相將迎歸洞房（生衆作引車避看衆旦下介）（生）子華兄那羣姑姊妹各乘鳳輦往來此間便是仙姬奏樂宛轉淒清非人間之所聞聽也（田）吉時將近便好趲行

前腔（生）仙音淒亮仙音淒亮來往仙姬輦鳳凰似洞庭哀響隱瀟湘使我心中感易傷（田）人生如寄聞樂不樂何也休憶人間相逢未央前面修儀宮請下車羣姑姊妹紛然在旁小弟告辭了正是襄王赴神女宋玉轉西家（下）

可笑湆于此日竟爲花瓣矣

## 第十三齣 尙主

清江引（貼衆奏樂上）仙家姊妹迎仙眷、飛仙鳳凰輦、仙樂奏鈞天、儀從來仙苑、教仙郎下車拜著修儀殿、

（老旦請公主升殿、）

女冠子（貼持扇遮旦扮公主上）彩雲乍展、下妝臺回眸低盼、纔離月殿、試臨朱戶、知爲誰繾綣、教人腼腆、

（貼衆笑介老旦請駙馬上殿開扇、生上）天仙肯臨見、好略露花容、暫迴鸞扇、（合）這姻緣不淺、金穴名姝、絡臺高選、（老旦贊拜天地介贊轉向拜國王國母千歲

介贊駙馬拜見公主公主答拜介內使送酒介槐安
國裏春生酒花燭堂中夜合歡國主娘娘欽賜駙馬
公主合巹之酒生旦叩頭謝恩介老旦駙馬公主飲
合歡之酒合巹介
錦堂月（畫錦堂）生帽插金蟬釵簪寶鳳英雄配合嬋娟
點染宮袍翠拂畫眉輕淺（月上海棠）君王命卽日承筐嫦
娥面今宵卻扇合拈金盞看綠蟻香浮這翠槐宮院
前腔（換頭）旦羞言他將種情堅我瑤芳歲淺教人怎的
支纏院宇修儀試學壽陽妝面號金枝舊種靈根倚

字字與廣陵關切妙臧曰詞中如家近迷樓一

玉樹新連戚畹（合前老旦小旦貼背介）

前腔（換頭）姻緣向雨點花天香塵寶地無情種出金蓮（回介）偶語低迴一笑鳳釵微顫（介）百感生仙宅瓊槳一捻就兒家禁臠（合前）

前腔（換頭）（衆）天然主第亭園王家錦繡妝成一曲桃源窅窕幽微樂奏洞天深遠（背介）西明講士女喧填更華漏王姬築館（合前）（衆）月上了

醉翁子簾捲看明月秦樓正滿（生）把弄玉臨風笑拈簫管今晚烟霧雲鬟家近迷樓一笑看（合）曾相見（是）

笑看又渲于沾醉晚滅燭且留殘用得恰好受用

獨深居本云入情好箇新睡嬾

那一種瓊花種下槐安（生低唱介）

【前腔】真罕、一霎兒向宮闈腹坦想二十四橋玉人天遠、深淺隻影孤寒怎便向重樓曲尸眠（合前行介）

【僥僥令】槐餘、三洞暖、花展、一天寬、記取斜月鸞迴笑歌齙、春壓、細腰難、愁遠山

【前腔】渲于沾醉晚滅燭且留殘試取新紅粗（是夢）如人世顯渾似遇仙還雲雨閒

【尾聲】儘、今宵、略、把紅鸞、醮五鼓謝恩了、早畫蛾眉去、鵷鷺班則怕你雨困雲殘新睡嬾

總評淳郎淳郎今後祇在蟻窟裏受用過日子罷了

從來楚漢之爭夫且如是真可助達者一噱也

夢鳳按獨深居本云此正所云蟻鬭而病者以爲牛也大同小異耳又西連作西盡



集　帝子吹簫逐鳳凰　斷雲殘月共蒼蒼
唐　傳聲莫閉黃金屋　好促朝珂入未央

## 第十四齣　伏戎

【賀聖朝】（淨扮檀蘿王赤臉丑扮太子引外雜執旗上）大地非常變化成。團占住檀蘿。黃頭赤腳瘦挼莎。牛鬭看成兩下。草味成中國城池隔外邊豈無刀晝地仍有氣沖天自家乃槐安國東檀蘿國主是也我國東盡白檀西連紫蘿子孫分九溪入洞門戶有百孔千窗滕辮同朝山有木而誰能爭長槐檀一火天有

夢鳳按恃他獨深居本作憤他

時、而、豈、可、鑽、先止因他是立駒啗形赤駁、遂分中外、致有高低、恃他如赤象之雄、覰我如黍米之細、近日得他文書、於槐安國上、加了一、箇、大、字、好、不、小、覷、人、也、隔江是他南柯郡、地方魚米、不免聚集部落、搶殺一番、〔衆演介〕

【豹子令】〔直出不調〕同是蟻兒能大多、分土分兵等一窩、欺負俺國小空虛少糧食、〔不知俺〕穿營驀澗走如梭、〔合〕安排、箇、箇、似嘍囉、

【前腔】隔江西畔有一郡南柯、他聚積的羶香可奈何

臧曰征西旗上也寫大檀羅此元人語也

總評此正所謂蟻鬭也而病者以爲牛矣

輕描暗寫

臧曰看尺土拳山寸人豆馬一樣打圍花鳥此等語

要那槐安安不的俺征西旗上也寫著箇大檀蘿。（合）

（前）

地接羅施鬼　人稱藤甲兵

南柯堪一葦　同去覓膻腥

第十五齣　侍獵

寶鼎現（王引老旦一貼持節上）綠槐風小正絳臺清暇日華低照巧江山略似人間立草昧暗憑天道（生同右相上）且喜君臣遊宴好南郡偶然邊報（合）看尺土拳山寸人豆馬一樣打圍花鳥（見介）（玉樓春）（王）吳頭

纔是曲中佳境

夢鳳按登竈獨深居本誤

楚尾吾家國。臺殿玲瓏秋瑟瑟。（生）萬年枝上最聲多。

報道早寒清露滴。（右）日高風細鑪烟直。洞壑朝天

天咫尺。（周田引丑搽旦旦雜執旗槍上）（合）諸邦蟻。伏

盡無虞。惟有檀蘿費裁劃。（王）昨日覽奏、檀蘿侵擾南

柯郡界、國久無事、人不知兵、右相欲請寡人畋獵

山以講武事、不知本朝先世曾有征戰之事乎、（右）有

祖宗朝的故事、漢乾封元年、曾在河內人家千人萬

馬從朝至暮而往來、晉太元中、曾在桓謙之家披甲

持槊沿几登竈而飲食、元魏天安元年、在兗州赤黑

登龜
此蟻史也



相、關赤者斷頭而死、東魏武定四年、在鄴都黃黑交戰、黃者班師而還、此吾國征伐之故事也、王先朝可有畋獵之事乎、右南齊朝、曾在徐玄之家、武士數千、縱橫於花氈之上、不止火獵兼之、水嬉網罟數百、釣於硯山之池、獲魚數百千頭、此我國畋獵之故事也、王獵於龜山者何也、右天上星宿、龜爲玄武、以此國家講武、應向龜山、王右相言之有理、陪從官員可以齊備、生巳著司隸校尉臣周弁、掌武處士臣田子華掌文、臣棼與右相段功護駕、王這等就此駕行、行介

夢鳳按、獨深居本題作好事近、茲從葉譜

【泣顏回】（王）遊蹕海西郊、擺鸞輿天開黃道、（右）陣旗花鳥閃開了、獸喧禽噪、（生）連天金鼓、山川草木驚飛跳、揀良時、奏旨施行、圍子內聽號頭高叫、（到介）（王）此所謂龜山、平上隆法天、下平法地、背有盤文以法星宿、昔人九月、登龜伐黿、良有以也、且是豐草茂林、禽多獸廣、長楊上林、可以方矣、分付六軍大煞手打圍、（衆應介）（領旨擂鼓殺介）（射作擒虎介）（射雁介）

【千秋歲】展弓刀、便有翅飛難道、看紛紛驚彈飛磤地、網天牢、地網天牢、索撞著掘海爬山、神道接著的剽、

獨深居本云穿山甲吐涎蟻付之因食之又開甲如死蟻附之閉甲入水復開蟻浮出盡食之

獨深居本云小小一篇文字盡起伏縱送之致是一篇好文字

酷似龜文



蹋著的擣騎和步橫叉直抄（衆喊介）拏俐穿山甲（王大笑介）此俺國世仇也（衆）任你穿山攬這風毛雨血天數難逃（田）處士臣田子華文墨小臣躬逢盛典謹撰大槐安國龜山大獵賦奏上（王）奏來（田跪念介）幽哉大槐安之爲國也前衿龍嶺後枕龜山龜山者玄武之精也西望則有西王母之龜峯焉東顧則有東諸侯之龜蒙焉爾其爲山也其上穹窿其中空同形如巴邛之蜺骨勢似鼇龜山之頂蓬草木生其背禽獸穴其胸文有河洛之數武有介冑之容駙馬都尉臣

獨深居本云
酷似先秦

湣于㳽右丞相臣段功等仰首歎曰丕休哉龜山鬱
鬱葱葱吾王不遊虎兕〔亦趣〕出於柙外今日不樂龜玉毀
於櫝中君王感焉武功其同是月也涼風至草木隕
鷹擊鳥豺祭獸君王乃冠通天之冠被玄袞之袍佩
干將登華芝雨師灑道風伯清塵因是以左成侯右
湣侯率其蟻附之屬若大若小紛紛蟄蟄乘玄駒而
綴步趨者殆以萬計金鼓震天旌旗耀日雷礮霜刀
風熷雨畢周圓而陣於七十二鑽之上時至令起人
喧物華拄飛猿蹴長蛇碎熊掌糜象牙咀豹女啜犀

花髓天雞腦神鴉至如雉兔數萬他他藉藉君王未之顧也最後得一甲獸蓋鮻鯉云帶穿山之甲露浮水之背舐啖至毒不可勝紀穴於山腹火而獻之君王欣然仰天而嘻曰龜山有靈此其當之矣寡人鄙小其敢朵頤蓋茲山以土石爲玄㲉以草樹爲綠毛今此之獵盡矣乃遂收旗割鮮鳴鐘舉酒凱歌而旋既醉既飽微臣授簡作頌獻於座右頌曰隆隆龜山龍岡所蔽玄玄我王卜獵斯至非虎非羆曰雨曰霽服猛示武遺臚去智願以龜山卜年卜世螻蟻微臣

願王千歲千千歲。王大笑介妙哉賦也、昔漢武皇見司馬相如子虛賦、歎恨不得與他同時、今寡人與子同時、幸哉、

好事近泣顏回一聲驚破紫霞毫賦就上林分曉堂堂一貌好箇田郎京兆。刷子序飄飄淩雲氣色爭高駟馬、這田子華才子之文、不可泯滅可雕刻在金鑲玉板之上、顯的俺國中有人、添故事與龜山榮耀。普天樂賞他何官則好笑子虛烏有寡人得侍同朝右侯今日之獵樂乎、右今日以南柯有警講武茲山非樂也臣

獨深居本云好大規模

夢鳳按獨深居本看下有這字

獨深居本云越恁好自有

已於國史之上書了一行。王 怎麼書、右 大槐安國義成元年秋八月大獵於龜山講武事也。王 這等可傳旨再講武一番、衆應介 領旨、鼓吹演介 穿花介

千秋歲 演龍韜、把猛獸似誅强暴、密札札做勢兒圍繞、演介 一點旗搖、看一點旗搖、齊聲殺上、休教流落、鈀兒罩、鎗兒照、前頭跳、後頭撲著、就裏把兵機討、看臂鷹老手、汗馬功勞、王 傳旨衆軍罷獵回朝、衆應介 領旨、鼓吹介

越恁好 大打圍歸去、打圍歸去、畢崩崩鼓細敲迸鉦

古調此無來歷又恐犯別調一名走山畫眉

夢鳳按玉簫樹梢二句照譜本是疊句均爲增補

獨深居本云樹梢句應疊唱

鉦點鐃、齊悉索、齊鑊鐸、唧喳喳玉簫、唧喳喳玉簫、閒著匹喇喇笛聲兒齊嘈嘈哾嘹翦茸茸翠梢齊臻臻馬道兒立著隊梢盔纓繳撒袋兒搖、一箇箇把歸鞭裊裊順西風揚疾、馬上調笑、（傳旨遣行介）

（前腔）灑風塵故道風塵故道呆哈哈狡獸挑喘吁吁想逃、狗兒載鷹兒套、窣泠泠樹梢窣泠泠樹梢、醮著濕淥淥獸巢兒暫蕭條這遭、鬧炒炒氣淘、打孩孩順哨兒前喝後邀、觀禽貌揣獸膘、猛說山川小有這些殺獲、不算窮暴、（右奏知俺王已到都門了、）

總評功業文章人都以爲不朽達人視之不止蟻窟襄事可發大笑

【紅繡鞋】聽諸軍肅靜囉唣、囉唣、賀君王多得腥臊、腥臊、有分例大賞犒毛赤剁肉生燒沾老小祭鎗刀、

【尾聲】倚長空秋色打圍高暗藏著觀兵演哨、（衆）願萬萬歲龜山鎮國寶、（王）國家大閱禮成、駙馬中宫留宴、右相可陪衆國公王親以下、賜宴槐角樓、商議南柯一事、（衆應介）

曾濟齊師學陣圖。千人萬馬出郊墟。
吾王所饌能多少。一獵歸來滿後車。

## 第十六齣　得翁

人世旣亡父母無一人不在蟻國那裏寄得許多書

【驀山溪】（生旦同上）（生）人間此處。有得神仙住。春色錦桃源。早流入秋光殿宇。（旦）細腰輕展。漸覺水遊魚嬌波瀲灩。橫眉宇翠壓巫山雨。【阮郎歸】（生）藕絲吹蘋碧羅衣。縷金香穗飛。（旦）綠窗槐影翠依微。出花宮漏遲。（生）穿玉境。侍瑤姬。微生遭際奇。（旦）駙馬呵稱你歡多。怕忘卻早朝時。歸來人畫眉。駙馬到此月餘。情義日深。榮華日盛。出入車服。賓御遊宴。次於王者。意亦可矣。然竊覩駙馬常有蹙眉之意。如聞嗟嘖之聲。含愁不語。卻是爲何。（生）小生落魄多年。榮華一旦。不說

獨深居本云樂不忘親有關風教

獨深居本云起句用四字乃得本調

傾宮羅綺盡世膏粱〔旦〕說貴主嬌姿儘我受用有何不足致動尊懷所以然者遇貴主有天上之樂想亡親有地下之悲耳〔旦〕這等公婆前過幾年了〔生〕婆婆葬在家山禪智橋邊好墓田則你公公可憐也〔旦〕駙馬試說其情

白練序〔生〕心中事待說向妝臺自歎吁吾先父爲將佐邊頭失誤〔旦〕原來老老爺用兵失利可得生還〔生〕歎介身歿〔旦〕歿在何地〔生〕他歿在胡〔旦〕幾年上有音信〔生〕可十數年來無寄書近來卻是古怪〔旦〕怎的來

夢鳳按各本所上脫之字今照葉譜補

生〉前日成親、蒙千歲親口分付、係俺父親之命、那時好不疑惑、旦〉便好問俺父王所在了、生〉以前未敢造次、直待龜山罷獵、留宴內庭、纔敢動問、千歲旣知臣父親所在、臣請敬往問安、那時千歲膀口應說、親家翁職守北土、音問不絕、卿但具書相問、未可便去、公主呵、何緣故教人平白地暗生疑慮、

醉太平〉旦〉聽語、你少年孤露、這遇妻之所、拾得親父

生〉泣介〉知他北土怎的、旦〉旣然守土、知他那裏歡娛、

生〉又泣介〉俺待稟過公主、潛去北土、打聽父親消息、

獨深居本云頗得子情婦道



（旦）模糊那胡沙（醒語）如夢杳如無、不明白怎尋歸路。（生）侍俺再奏過千歲、分明而去。（旦）他眼前兒女幾日成親。便教卿去。

【白練序】（生）難圖。怎教他在北土天寒草枯。似俺這洞府比他何如。（旦）且依父王旨、先寄問安書。（生）踟躕空寄書。（旦）寄些禮物去。（生泣介）要報陽春寸草無。（旦）這等怎好。（生）賢公主、似這般有子等如無物。（旦背介）

【醉太平】真苦他身爲贅婿、要高堂禮節、內家區處。（回介）駙馬、想起來你在俺國中、豈可空書問候、奴家早

夢鳳按獨深居本甚麼下無樣字獨深居本云可發一噱

夢鳳按柳浪館本汲古閣本無這字獨深居本無這字今照葉譜

已做下長生襪一雙、福壽鞋一對、可同書寄去、〔生〕這等生受了、〔旦〕些微鍼指也、見俺一房兒婦、〔生〕有誰將去、〔旦〕你修書、俺依然送與父王、知便千里一時將去、〔生〕這等、俺卽刻封了書禮、祇須公主入宮轉達下情、〔旦〕使得、奴便與、繫書胡雁、怎教駙馬不報慈烏、〔旦〕還有一件請問駙馬、你如今可想做甚麼樣官兒、〔生〕俺酣蕩之人、不習政務、〔旦〕卿但應承、妾當贊相、

〔尾聲〕俺入宮闈、取禮和你、送家書見父王、求一新除、〔生〕這等做老婆官了、〔旦〕便做老婆官有甚麼辱沒你

仍以這字作襯

總評可笑段生難道湆于遂不能爲螻蟻先驅

右相謀國甚忠凡爲相者不可有愧此螻蟻也

這湆于家七代祖

驥子書猶隔　鸞傳鏡作輝

綠槐無限好　能借一枝棲

## 第十七齣　議守

【繞池遊】（右相上）金章紫綬獨步三台宿正朝下日移花甃看簪髮絲稱帶腰圍瘦無非爲國機謀平明登紫閣日宴下彤闈未奉君王召高槐晝掩扉自家右相武成侯段功忝掌朝綱留心邊計昨因檀蘿數爲邊患我主賜宴槐角樓與一衆科道商議奏選南柯

太守、未知意屬何人、紫衣官早到也、【紫衣上】晝漏希傳高閣報、君顏有喜近臣知、【見介】段老先生、早朝辛苦、【右】恰待文書房相問、奏補南柯郡太守一事、旨意可下了、【紫】右侯不得知、恰好此本上去、正直公主入宮、一來替駙馬寄書令尊、二來替駙馬求官外郡、則怕就點了南柯之缺、也未可知、【右】這卻難道、

【剔銀燈】論南柯跨踞雄州、近檀蘿要習邊籌、那消干貴壻性豪。杯酒。怎生任得邊州之守。【合】許否。心中暗憂。宮庭事又難執奏。

總評癡子今世上祇你一箇老婆官麼

前腔【紫】論朝綱須問君侯大地方有得干求則一件君侯疏不間親了他與玉人金屋並肩交肘怎佩不得黃金如斗【合前】右許他也索罷了則怕此君權盛之後於國反爲不便且自由他（忠謀）

欲除新太守　不少舊英豪

且順君王意　相看兒女曹

## 第十八齣　拜郡

西江月【生上】本自將門爲將偶來王國扶王風流偏打內家香更有甚中情未講【集唐】秦地吹簫女盈盈

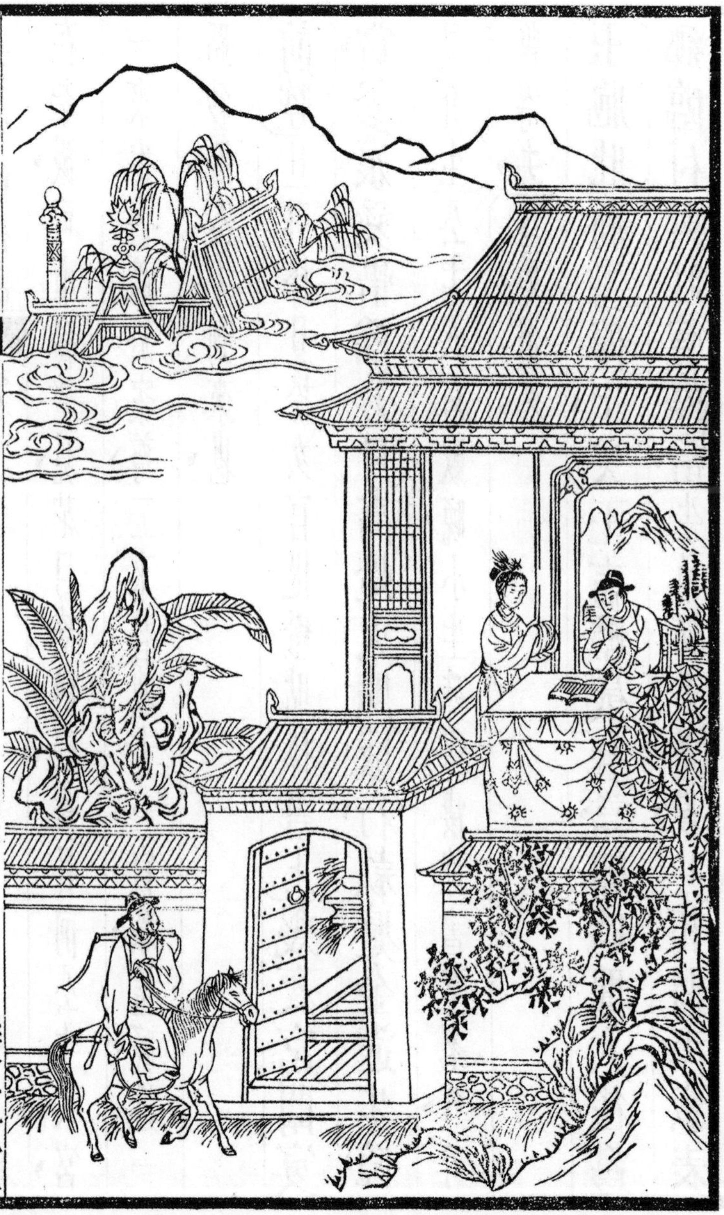

五十七

暖紅室

在紫微、可中猗望見、花月倚門歸、幾日前公主入宮、一來寄書禮於家尊、二來替我求一官職、這晚近一路紗燈、公主到來也、

前腔旦引揉旦扮女宮提燈貼捧書上幾夜宮闈宴賞、爹娘愛惜瑤芳、月高燈火照成行、款蹙金蓮步障、見介生公主入宮數晚、小生殊覺淒涼、書奉家尊、可曾寄去、旦聽道來、

玉胞肚將書傳上、父王言禮儀合當、即時開人往邊鄉、臨付與叮嚀停當、生怕回書遲慢、旦粗將孝意表

雖人不到此地獨一淳于氏之父乎

獨深居本云幻甚

高堂但取平安要怎忙、丑扮小軍上為人莫做軍、做軍多苦辛、俺小軍從北邊來、取了駙馬老老爺平安書、不免投上、見叩頭介小人北邊送書禮、老老爺十二分歡喜、回書呈上、生驚喜介起來、起來、真箇有了回書、我的親爹呵、捧讀開看介平安報、付男淳于棼、呀、八箇字、分明老父手筆、旦你且念書、奴家聽、生念書介伏承大槐安國王前示。欲汝尚主。得書履識知。盛典成就。加以貴主有禮。喜慰發狂。別近廿載。朝夕憶念。兒以槐序備國肺腑。百宜周慎。頗憶平生親戚

臧曰此出本傳

獨深居本云夢境

獨深居本云用歇後韻不佳

里閭存亡。餘幾。宜詳再信。助展退。纔欲往覷兒。奈彼此路道乖違。風烟阻絕。父不見子。抱恨重深。汝且無便來覷。歲在丁丑。當與汝相見。（生）拍書痛哭、介、俺的爹、相去十七八年。祗道故了。何意今朝重見平安書跡。居然如在。不能勾往見他。要兒子何用也。（哭倒）（旦）扶介、攙馬、休得過傷、

【前腔】（生）端然無恙如昔年。教誨不忘、問親鄰興廢存亡、敘風烟悲楚哀傷（旦）約丁丑年相見、好了、（生）知他後會可能相、怎得溫衾扇枕牀

〈粉蝶兒〉紫衣官捧詔旨上詔選黄堂、捧到秦樓開放、令旨已到、跪聽宣讀、詔曰、昔稱華國、左戚右賢、文武並茂、吾南柯郡政事不理、太守廢黜、欲藉卿才、可屈就之、便與小女同往、欽哉、謝恩、〈生旦起介〉紫見叩頭介恭喜公主、駙馬、黄堂之尊了、千歲還有別旨、

〈玉抱肚〉叫有司停當、把太守行裝備詳、掌離珠感動娘娘、出傾宮錦繡籢房、〈旦〉還有、〈衆〉車騎僕妾、都列在廣衢傍、鸞駕親身餞遠行、〈生喜介〉

〈前腔〉敢前希望、憶年時醉遊俠場、普人間沒俺東牀、

總評固知老湻于久歸螻蟻之鄉矣



湊南柯飲著瓊漿、(合)這是有緣千里路頭長富貴榮華在此方、

尾聲(紫)從來尙主有輝光、你整朝衣五鼓朝廊謝恩了辭朝做一事講、(衆下)(生)多謝公主擡舉、有此地方、(旦)惶愧惶愧、(生)還要請教南柯大郡難以獨理加以小生素性酗放、意下要奏請田子華周弁二人同典郡政、何如、(旦)但憑尊裁、

新命守南柯、　恩光附女蘿、
明朝有封事、　數問夜如何、

## 第十九齣　薦佐

生查子〔紫衣引隊子上〕一掌瞰宮墀、洞府晨光露、萬點正奔趨、偏起了朱門戶、〔見〕將軍上殿、俺大槐安國今日駙馬辭朝、各官在此候駕、

前腔〔生朝服捧表上〕槐殿隱香鑪、禁幄承恩處、五馬更踟躕、御道裏開賢路、〔紫〕駙馬請上御道、〔生跪介〕新除南柯郡太守駙馬都尉臣淳于棼謝恩、卽日之任、敬此辭朝、〔生三叩俯伏介〕〔紫〕駙馬謝恩表就此披宣、〔生〕臣此表章、不止謝恩、寵兼之舉薦賢才、伏望俺王

聽啟、

桂枝香念臣將門餘子、素無材術、誠恐有敗朝章、至此心慚覆餗、待廣求賢士、廣求賢士、備臣官屬、與臣咨助、紫駙馬所薦何人、生伏見司隸潁川周弁、忠亮剛直、有毘佐之器、處士馮翊田子華、清慎通變、達政化之源、二人與臣有十年之舊、備知才用、可託政事、周弁請署南柯郡司憲、田子華請署南柯郡司農、庶使臣政績有聞、憲章無紊、念臣愚願得從銓補南柯治有餘、紫駙馬起候旨、生起介想令旨必然俯從、周

總評衆蟻之中此三人耳痒人痒人

司、隸田秀才有此遭際也、內令旨到駙馬薦賢爲國、寡人嘉悅依奏施行、生叩頭呼千歲起介神仗兒周田上蒙恩點注、蒙恩點注南柯太府湄郎推舉、做司憲司農前去來闕下、叫山呼、跪介新除南柯郡司憲前司隸臣周弁、新除南柯郡司農處士臣田子華、叩頭謝恩、叩頭呼千歲起介相見介生二君恭喜了、周田謝堂翁擡舉之恩、紫駙馬便當起程國王國母早已關南有儀、

集 濯龍門外主家親。半歲遷騰依虎臣。

唐　卻羨二龍同漢代。出門俱是看花人。

## 第二十齣　御餞

二紫衣官上　玉樓銀榜枕嚴城。翠蓋紅旗列禁廷。二聖忽排鸞輅出。雙仙正下鳳樓迎。今日國王國母餞送駙馬公主之任南柯、鸞輿早到、

傳言玉女　王同老旦引搽旦一扮內官丑扮宮娥上　玉洞烟霞。一道晴光如畫。回首鳳城宮院。見琉璃碧瓦。般　宮娥侍長。半插貂蟬隨駕。　合　送一對于飛鳳嬌鸞姹。

紫見介　千歲千歲、　王　筵宴齊備麽、　紫　俱已齊備、　王

玉茗堂南柯記　卷上　卒　暖紅室

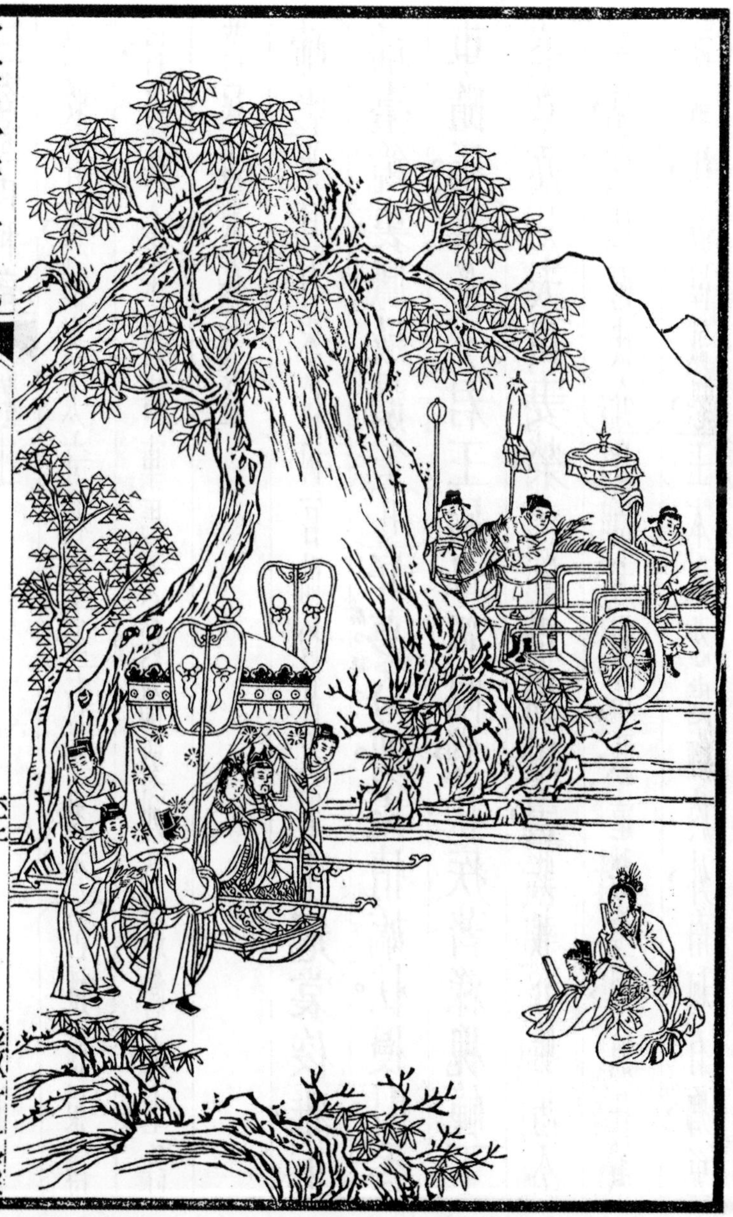

已敕有司備辦太守行李、紫行李整齊、宮娥娘娘傳
、旨房斂金玉錦繡車馬人從都要列於通衢之上、許
萬民縱觀、紫知道、
疏影生旦引末扮內官貼扮宮女同上冠裳俊雅○正
瑤臺鏡裏○鳳妝濃乍○旦好夢（醒○語○）分明○素情嬌怯○慢引香
車隨馬○紫催介君王國母親臨餞、快疾著綠槐幢下、
合真乃是夫貴妻榮、一對堪描堪畫、紫報介駙馬公
主見、生旦俯伏介微臣夫婦沾恩、遠勞聖駕、無任誠
歡誠忭、誠惶誠恐、王本不忍處卿於外、南柯有卿、免

寡人南顧之憂耳、老旦泣介俺的公主兒遠行苦也、

旦作對泣介俺的親娘呵、王在家爲公主出嫁爲郡

君有何所苦而泣乎、生旦叩頭介微臣忝受鴻私願

大王國母千歲千歲千千歲、王願汝夫婦同之、生旦

進酒介

畫眉序王晴拂御溝花、祖道城南動杯斝、儘關南一

面借卿彈壓、老旦憑仗你半壁門楣、看覷俺一分天

下、合南柯太守風流煞、一路裏威儀瀟灑、老旦公主

呵、今日南柯便是你家了、俺宫中寳藏盡作賠嫁、你

看通衢之上啊、

【前腔】雲樹玉交花、日影光輝、度塵罅、但閨房所要、盡情相把、攏天街色色珍奇、出關外盈盈車馬、（合前）

【前腔】（生）平地折宮花、大郡猥當、歎才乏、便尋常餞送、敢煩鸞駕、祝太山太水、千秋、喜治國治家一法、（合前）

【前腔】（旦）生小正嬌花、酬謝東風、許花發、但隨夫之任、賜妝如嫁、因夫主占了兒家、爲郡君將離膝下、（合前）

（生旦跪介）微臣何德、煩動至尊、敢問南柯以何而治、

（王）南柯國之大郡、土地豐穰、民物豪盛、非惠政不能

獨深居本云爲吏要訣

治之、況有周田二卿贊治、卿其勉之、以副國念、（生叩頭介）微臣謹遵王命、（老旦）公主行矣、聽毋親一言、省于郎性剛好酒、加之少年、爲婦之道、貴乎柔順、爾善事之、吾無憂矣、南柯雖封境不遙、晨昏有間、今日睽別、寍不沾巾、（老旦同旦泣介）（旦）謹領慈命、（拜別介）

【滴溜子】（王）南柯郡、南柯郡、弗嫌低亞、公案上、公案上、酒杯放下、有腳的陽春五馬、休祗管戀著衙長放假、他那裏地方人物稠雜、傳旨鼓吹旗幟、送過長亭、（行介）

臧曰看乘龍以下等句不減元人



鮑老催（衆）街衢鬧雜、街衢鬧雜、鸞輿直送仙郎發奏、簫吹徹、鸞同跨、看乘龍、乘的是五花馬、君王駙馬、多歡哈、真則娘娘公主悽惶煞、留不住、雙頭踏。（衆）千歲爺、過長亭了、（王）終須一別、駙馬公主勉之、（生旦）俯伏介微臣夫婦不敢有忘、願我王娘娘千歲千歲千千歲、

（生旦下王傳旨回宮、）

雙聲子（衆）力力喇、力力喇、都是些人和馬、嚌嚌咋、嚌嚌咋、兩下裏吹和打、嘻嘻哈、嘻嘻哈、去了價、去了價、向槐陰、路轉、數點、宮鴉、

獨深居本云譚言微中總評太山太水情誼至此至矣極矣可以人而不如蟻乎

尾聲 看他們時至宣風化一鞭行色透京華似這樣 (格物之言)
夫妻人世上寡
集 雙鳳銜書次第飛 駸駸羽騎歷城池
唐 瓊簫暫下鈞天樂 今日河南勝昔時

第二十一齣 錄攝

字字雙 丑扮府幕錄事官上 爲官祇是賭身強板障文書批點不成行混帳權官掌印坐黃堂旺相勾他紙贖與錢糧一搶 自家南柯郡幕錄事官是也閼下正堂小子權時署印日高三丈還不見六房站班可

夢鳳按柳浪館本與汲古閣本竹林堂本均作好箇雞兒雞兒獨深居本作好箇雞雞兒今從臧本作好一箇雞兒

惡、可惡、

前腔（淨扮吏上）山妻叫俺外郎郎、猾浪、吏巾兒糊得翅幫幫、官樣、飛天過海幾椿椿、鑾放下鄉油得嘴光光（揖介）銷曠、（丑惱介）咄、幾時不上公堂、望搖搖擺擺來銷曠、莫非欺負俺老權官、教你乞拷在眉毛上（吏跪介）恩官興頭忒莽撞、百事該一房識方向（作送雞介）下鄉袖得小雞公、送與恩官五更唱、（丑）好一箇雞兒、（吏）聽得老爺好睡覺、出堂忒遲、因此告狀的候久、都散了、小的想起來、老爺寸金日子、不可錯過、小的下

嘗聞宋板大明律這板又在宋以前了夢鳳按獨深居本作嘗聞宋板大明律此又在宋以前了雖插科打諢不可不可云云與此畧增改耳

鄉撈的兩隻小雞、母的宰了、公的送爺報曉、一日之計、全在於寅、【丑】有意思、有意思、我的都公請起、【丑跪扶吏起介】我從來衙裏沒有本大明律、可要他不要、【吏】可有、可、無、【丑】問詞訟、可要銀子不要、【吏】可有可無要。妙。【丑惱介】不要銀子做官麼、【吏】爺既要銀子、怎不買本大明律、看書底有黃、【金搽旦扮京報子上見介】飛報送上、【丑看報介】右相府一本、南柯缺官事、奉令旨駙馬渲于棼有點、呀、新官到了、寸金日子、丟在那裏、【外執旗報介】駙馬爺馬牌到、【丑】叫各房打點迎接、【吏】都

此等雖戲謔實從經歷得來若書生何以知此

有舊規、（丑）舊規不同、要起駙馬府、公主殿、要珍珠轎、銷金傘、女戶扛抬、（吏）小的知道、如今事體迫了、爺兩隻手標票兒纔好、（丑）作兩手標票介、（吏）一票叫吏房知會官吏、一票戶房支放錢糧、一票兵房差點吹手皁快轎馬勘合、一票禮房知會生儒耆老僧道、又要幾箇尖嘴的教坊、（丑）要他怎的、（吏）會吹、一票刑房查點囚簿解送刑具、一票工房修理府第、家火第一要箇馬子綫香、（丑）這綫得些、（吏）奶奶下了轎、滿地跳、一票架閣庫整頓卷宗、交代、一票承發科寫理腳色憲

臧曰此折多傷時語至謂太爺長一丈八弓所不解

獨深居本云傷時

綱、一票、雜辦吏鋪氈結綵、一票帶辦吏送心紅紙張、一票各馬驛下程中火、一票各社總選門子、要一丈二尺長、(丑)太長了、(吏)新太爺還長一丈八、一票娘娘廟借珍珠八角轎傘、一票、表子鋪借鋪陳脂粉馨香、(丑)這箇使不得、要星夜製造纔是、

亭前柳此郡鎮南方、前任總尋常、緣何差駙馬、甚樣有輝光、(合)憲綱前件開停當、分付該房、須急切要端詳、

前腔(吏)珠翠縷金裝、怕沒現錢糧、(丑)沒、錢、糧。有處因

總評真箇紛紛如蟻

臧曰此折多整語終非行家所尚

詞家富貴讀之可助寒儉光華

獨深居本云全折青華可以藥儉療貧

公且科派事後再商量。〔合前〕

權官纔打劫　正官便交攝、

支分各色人、　遠遠去迎接、

第二十二齣　之郡

〔集唐〕末小生扮將官執刀貼搽旦執符節外雜執旗

〔上〕結束征車換黑貂。行人、芳草、馬聲嬌。紫雲新苑移花處洞裏神仙碧玉簫。請了、俺們駕上差來護送公主駙馬爺南柯赴任去、迤邐數程、公主駙馬起早也、

〔滿庭芳〕生旦引隊子上〔生〕紫陌塵閑。畫橋風淺、鸞旗

影動星躔。旦朝雲濃淡行色映花鈿。爲問夕陽亭餞。
下鸞輿慘動離筵。合闕南路春暉綠草何日再朝天。
木蘭花令 生 宮花欲喚流鶯住。恰是南柯遷徙處。繡
簾嬌馬出都城。寶蓋斜盤金鳳縷。旦 華年得意頻
相顧。笑問卿卿來幾許。綠槐風輭度行雲。回首沁園
東畔路。生 公主、自拜辭了君王國母、不覺數程。此去
南柯相近了、左右趲行。行介
甘州歌 八聲甘州 旦 宮闈別餞。擺五花頭踏。逶邐而前。生
都人凝望。十里繡簾高捲。四方宦遊。誰得選一對夫

妻儼若仙。（排歌）（衆合）青袍舊。綠鬢鮮。大槐宮裏著貂蟬、香車進。寶馬連。一時攜手笑嫣然。（淨扮官吏上）投批介南柯郡錄事差官吏投批迎接爺爺、（生）取看介（發）批廻前去伺候、（官吏起應介下）

（前腔）（生）宮花壓帽偏。問有何能德紫綬腰懸。（旦合）玉樓人、並翠蓋。綠油輕展。指揮風景、遲去輦、爲惜流光嬾下鞭。（合）攜琴瑟坐錦韉。一條官路直如弦。遊春樣盡世緣。秦樓簫史弄雲烟。（衆）稟爺南柯郡界了、（丑上）跪介南柯郡錄事參軍迎接老大人、（生）遠遊勞了、（丑）不

此國人民如蟻

敢有新轎繖兵衛、男女轎夫齊跕下班迎接、生知道了、就回、丑應下、內合郡官吏迎接爺爺、生起去伺候、內生儒迎接老大人、生請起、郡中相見、應介、內僧道耆老迎接爺爺、生起去、內教坊女樂們迎接爺爺、生趲行、衆妓鼓吹引介

前腔鸞鈴動。翠鈿看。滿前旗影冠佩翩聯。爭來迎跪陌上、紅塵深淺、邦君夫人、鸞鳳侶、父老兒童、竹馬年。合軍民鬧。士女諠。妓衣時雜紫衣禪。彈箏覷擊鼓傳。錦車催。怕日華偏。生遠遠望見如烟如霧、鬱鬱葱葱

者是何地方（衆）十里之近南柯郡城（生）公主真好一座城臺

前腔遥遥十里前見葱葱佳氣非霧非烟雉飛鸞舞臺觀疊來蒼遠似蘭亭景幽圍翠嶺春榖泉鳴浸玉田（合）山如畫水似纏自憐難見此山川重門擁旌旆懸玉樓金榜洞中天（内）燈籠接上介（衆）稟太爺進城（生）今夕公館休息五鼓陞任

尾聲閃紗燈一道星毬轉曜街衢聚戟森然（公主）和你且把下馬公堂笑鋪展

總評昔聞蟭蟟一枝今又見螻蟻一枝矣

露冕新承明主恩。山城別是武陵源。
笙歌錦繡雲霄裏。南北東西拱至尊。

玉茗堂南柯記卷上終

# 玉茗堂南柯記卷下目錄

夢鳳按柳浪館本原題作夜遊朝誤憶秦娥詞眾下脫青槐葉三字今照補獨深居本云直是借題說法

# 玉茗堂南柯記卷下　雜劇傳奇彙刻第十五種

柳浪館批評　夢鳳樓　暖紅室　校訂

## 第二十三齣　念女

【夜遊湖】老旦引搽旦扮内官丑扮宮娥上窣地榮華開內苑、紫雲袍花勝朝天、眾扇影斜分、宮娥慢擁、望南柯阿嬌仙眷、【憶秦娥】老旦屏山列香風暗展青槐、、、、葉。眾青槐葉。洞天深處彩雲明滅。老旦女兒十五辭宮闕。南柯婉孌西樓月。合西樓月。南飛鵲影照人

獨深居本云蟻亦有產業幻甚



離別自家大槐安國母一女遠在南柯將二十年昨有書來說他兒女果多肌瘦怕熱近於壍江城清涼地面築一座瑤臺城避暑要請佛王經千卷供養已著郡主去禪智寺請問契玄師父還未到來

【玩仙燈】（貼持經上）禪智談玄又請下的法王經卷（見叩頭介）郡主瓊英叩頭千歲（老旦）平身手中所進是何經卷（貼）到問契玄禪師他說凡生產過多定有觸污地神天聖之處可請一部血盆經去叫他母子們長齋三年總行懺悔自然災消福長滅病延年娘娘

夢鳳按柳浪館本原題作玉山頹誤從葉譜勘正臧曰孝感寺請目連經卷此出臨川新意正得回顧體

夢鳳按獨深居本願祈作

聽啟、

【玉胞供】〔玉胞肚〕這血盆經卷、大慈悲孩兒目連、〔老旦〕因何、〔貼〕目連尊者、爲救母走西天、經過羽州追陽縣曠野之中、見一座血盆池地獄、有多少女人、散髮披枷、飲其池中污血、目連尊者、動問獄主、此是因何、獄主言道、這婦人呵、生產時血污了溪河、煎茶供獻、污了良善、〔老旦〕是了、供奉三寶的茶水、被血水污、因此果報、後來、〔貼〕目連尊者聽見、大哭起來、俺母親也應受此苦楚了、竟以神通走向佛所、致心頂禮、願祈世尊

惟願

血在人身人在天地況溪河僅天地間一搭地方污則俱污淨則俱淨何足爲污何足淨此老婆禪也政宜雌蟻談之



爲我等開示、云何報答慈親、脫離此苦、佛言善哉、【五供養】待酬恩睠、則三年內長齋拜懺、聲聲把彌陀念、【老旦】念了怎的、【貼】有好處、渡河船、便是血盆池上產金蓮、

【前腔】【老旦】佛爺方便、向諸天把真言示、宜想來則有婦女苦生男種女、大家的便是產時昏悶傾污水於溪河、也是丈夫之罪、怎那經文呵明寫著外面無干、偏則是女人之譴、便宜紫衣官一員分付馬上捧持此經一千部、星夜前去、紫衣乘傳、直齎到瑤臺宮院

總評蟻子有血也污了多少溪河

夢鳳按果然獨深居本作故然

免到追陽縣、說與公主呵、教他廣流傳、把俺老娘三世也帶生天、

古來兒女得娘憐。女病娘愁各一天。

惟有受經勤懺悔　南柯應產玉池蓮。

## 第二十四齣　風謠

【清江引】紫衣官走馬捧經背勅上　紫衣郎走馬南柯下、一軸山如畫、公主性柔佳、駙馬官瀟灑、俺且在這裏整儀容、權下馬、事有足差理有果然自家紫衣官是也、承國王國母之命、送佛經與公主供養、並加陞

駙馬官爵門蔭纔入這南柯郡境則見青山濃翠綠水淵環草樹光輝鳥獸肥潤但有人家所在圍池整（欠理）潔檐宇森齊何止苟美苟完且是興仁興讓街衢平直男女分行但是田野相逢老少交頭一揖（像）曾遊幾處僅見此邦且住待俺借問公主平安看百姓怎生議論前面幾箇父老來了

孝南枝（孝順歌）（衆扮父老捧香上）征徭薄米穀多官民易親風景和老的醉顏酡後生們鼓腹歌（瑣南枝）你道俺捧靈香因甚麼（紫前問介）敢問老官人公主好麼

像蟻

夢鳳按柳浪館本僅見作近見從獨深居本改

夢鳳按柳浪館本原題作孝白歌茲從葉譜勘正

宮主想曾季考不然秀才那肯出香

獨深居本云這段光景作者心想良吏休風不覺津津巳甚若以全局論之未

父老歎介唱前你道俺捧靈香因甚麼、下紫這些父老們、歡歡喜喜唱箇甚的、又邀的幾箇秀才來了、

前腔衆扮秀才捧香上行鄉約、制雅歌、家尊五倫人四科、因他俺切磋、他將俺琢磨、你道俺捧靈香因甚麼、紫敢問秀才公主好麼、秀才歎介唱前你道俺捧靈香、因甚麼、下

前腔衆扮村婦女捧香上多風化、無暴苛、俺婚姻以時歌伐柯、家家老小和、家家男女多、你道俺捧靈香因甚麼、紫敢問女娘們公主好麼、婦歎介唱前你道

免粘滯冗緩借今誣昔與錄攝一曲同病可以人而不如鳥乎



俺捧靈香因甚麼〈下〉

〈前腔〉眾扮商人捧香上平稅課不起科商人離家來安樂窩關津任你過晝夜總無他你道俺捧靈香因甚麼〈紫〉大哥幾分面善〈商〉俺是京師人在此生意〈紫〉正是聽見公主可好〈商〉俺們正去太爺生祠進香保祝駙馬公主二人千歲千歲〈紫〉你又不是這境內人民保他則甚〈商〉滔于爺到任二十年人間夜戶不閉狗足生毛便是俺們商旅也往來安樂知恩報恩〈紫〉前面一夥老的一夥秀才一夥婦女都捧著香往那

吁盛治在蟻國孔子聞之必將挈徒往矣

總評螻蟻歸心矣死後少

裏去、唱些甚麼、[商]你是不知道(說一貫了)南柯郡、自這太爺(重出)到任以來、雨順風調、民安國泰、終年則是遊嬉過日、口裏都是德政歌謠、各鄉村多寫著太爺牌位兒供養、則這是大生祠、祠宇前後九進、堂高三丈、立有一丈五尺高的幾座德政碑、碑上記他行過德政二十年中、便一日行一件、也有七千二百多條、言之不盡、[紫]想是學覇刁民胡弄的、(毒罵)[商]作惱介、唱前腔、你道俺捧靈香因甚麼、[下]紫、奇哉、奇哉、真箇有這等得民心的官府、

咬他幾下便
是太守慶幸
了



二十年事事循良、偏歌謡處處焚香、
立生祠字字紀實、詔書中一一端詳、

## 第二十五齣 玩月

（丑扮錄事官上）官居錄事尊崇、放支帳厤粗通、再不遇欽官看印、教我錄事衙門嗑風、新近一塲詭事、公主生長深宮、二十年南柯地方、怕熱訪知塹江城西北涼風、築一座瑶臺城子、單單一箇公主避暑、其中周田二公督造、果然不日成功、怎生喚做瑶臺城子、四門有高臺、玉石玲瓏、駙馬公主新來、便待賞月、那

夢鳳按柳浪館本原題繞地遊地字誤今改正



頭行的、正是周田二公〔虛下〕

〔繞池遊〕〔淨末扮周田上〕人間怎麼、地下爲參佐乘公暇得從深座、玉鏡臺移、絳橋星度、下秦樓雙鳴玉珂、〔周〕下官司憲周弁、〔田〕下官司農田子華、〔周〕蒙太老先生提挈、贊相有年、近因公主避暑於漸江西畔、築了座瑤臺城、今夕駙馬公主駕臨、正當明月三五、良可賀也、〔田〕以下官所言、瑤臺雖則壯麗、江外切近檀蘿、公主移居、深所未便、〔周〕有漸江城一衞兵馬、可保無危、〔內響道介〕〔田〕駙馬公主早來、我們且須迴避、〔虛下〕

夢鳳按柳浪館本作普天

【破齊陣】（子）【破陣】生旦引外扮堂候老旦貼扮宮娥上繞境全低玉宇，當窗半落銀河。【齊天樂】月影靈娟，天臨貴婿，清夜暫迴參佐。（子）【破陣】同移燕寢幽香遠，並起鸞驂暮靄多，何處似南柯。周田上堂候進稟司憲司農稟見。生公主在此，不便請見，請二位老爺先回。堂候應出稟周田下。生我爲公主造此一城，都是白玉砌裏，五門十二樓，真乃神仙境界也。今夜月明如洗，傾倒一杯。老旦捧酒上金屋人雙美，瑤臺月一輪。酒到。

【普天樂】生碾光華城一座，把溫太真裝砌的嵯峨，自

樂犯誤

夢鳳按獨深居本孩子作孩兒

夢鳳按柳浪館本原題作雁過沙犯從渠譜勘正

王姬寶殿生來配太守玉堂深坐、瑞烟微香百和、紅雲度花千朵、有甚的不朱顏笑呵、眼見的眉峯皺破、對清光、滿斟一杯香糯、〔旦歎介〕甚般好景苦沒心情、奈何、奈何、〔生〕是了、你飲興欠佳、叫孩子們、勸你請王孫貴女出來、〔末雜扮二小男小女上〕月兒光、月兒光、娑婆樹下好燒香、老爺親娘喫一杯酒兒麽、〔做灌旦酒旦笑介〕我喫、我喫、

〔雁過紅〕〔雁過聲〕〔旦〕姮娥、自在爭多。養孩兒恁箇。那些兒不病過。廿載光陰一擲梭。大的兒攻書課。次的兒敢

獨深居本云文字真極矣夢鳳按頭活獨深居本作頭可又柳浪館本原題作傾杯犯誤

聰明似哥。〔紅娘子〕小丫頭也會梳裹。霎兒間眼前提著。又校得心頭活。〔傾杯序〕〔生〕嬌波倚瑤臺新鏡磨、嵌青天人負荷、〔雜〕消多、幾陣微風、一莖清露、半縷殘霞、淡寫明抹、稱道你、洞府仙人、清涼無暑、愛弄娑婆、〔合〕好大槐安團圓桂影、今夜滿南柯、〔旦〕夫妻兒女、真是團圝、祇爲哥兒們長成、親事未定、熱我心懷、〔雜〕娘住這瑤臺之上、怕忒高寒些些兒、

夢鳳按柳浪館本原題作

〔小桃紅〕〔旦〕一些些思量過、悶喲喲怎題破、看這座瑤

山桃紅犯誤
姮娥作嫦娥

臺是不比其他、界斷銀河冷淡些兒箇、便似背兒夫
竊藥向寒宮躲念瑤芳怎學的姮娥、（內）報、報、報令旨
到、（紫衣官上）（宣旨介）令旨到、跪聽宣讀、制曰寡人聞
之、治國之法、一曰賢賢、二曰親親、恩禮之施、用此爲
準、咨汝公主瑤芳、厥配南柯郡太守駙馬都尉淳于
棼、自下車以來、將二十載、仁風廣被、比屋歌謠、寡人
心甚重之、茲特進封食邑三千戶、爵上柱國、集議院
大學士、開府儀同三司、仍行南柯郡事、一男二女、俱
以門蔭授官、許聘王族、與國咸休、欽哉、謝恩、（生旦叩

獨深居本云不言躬行是真正講學對老婆講書是駙馬弄交法終是腐儒色相不如婦人倒暗合道妙

頭介千歲千歲千千歲、紫叩頭見生旦介恭喜公主駙馬高陞、生扯紫介勞了、紫娘娘還有懿旨、請下血盆經千卷送與公主供養流傳、消災長福、生齊家治國祇用孔夫子之道、這佛教全然不用、旦奴家一向不知怎生是孔夫子之道、生孔子之道君臣有義、父子有親、夫婦有別、長幼有序、朋友有信、旦依你說俺國裏從來沒有孔子之道一般立了君臣之義、俺和駙馬一般夫婦有別、孩子們一樣與你父子有親、他兄妹們依然行走有序、這卻因何、生笑介說是這等

道學

總評螻蟻亦知佞佛所以到底生天也彼不知佛者蟻不如矣

說便與公主流傳這經卷罷了、

公主瑤臺養病身、一天恩詔滿門新、
但願福隨長命女、相依佛度有緣人、

## 第二十六齣　啟寇

【梨花兒】（丑扮太子引外小生貼淨執旗上）小小的檀蘿生下、咱生下喒太子好、那查沒有了老婆乾子傻、嗏、但婆娘好把喒檀郎打、自家檀蘿國王位下四太子是也、小名檀郎、姓格風灑、父王分下喒三千赤駁軍、鎮守全蘿西道、日昨喪了房下、急切要尋箇填房、

恰好一場天大姻緣、那大槐安國金枝公主、嫁了南柯郡守、隨夫之任、怕府裏地方燥熱、單築瑶臺城一座、在灃江地面、與俺國相近、老天老天、他那裏是怕熱、是不耐煩、要撇開漢子自由自在、分明天賜我姻緣也、我待點精兵一千、打破瑶臺城、搶了公主、則未知他意思如何、早已差小卒兒扮作賣花郎打探去、早晚到來、【貼扮作貨郎花鼓報子上】報、報、報、好事到、

【丑】快說來、

【北中呂】【脫布衫】【報】小番兒早離了檀蘿、無明夜打聽南

柯、做採子的精細無過橫直著貨郎兒那些貨、好一

座瑤臺城、丑怎見的、

中呂小梁州 報 真乃是玉砌金裝巧蹙羅、繞殿宮娥、

珍珠壘就翠銀河無彈破、一曲錦雲窩、丑可到得公

主跟前、報 小的賣花宮娥、引見、

說〇得〇情〇動〇〇〇〇〇

么篇 賣花聲斜抹著宮牆過那穿宮引見俺妝標垜〇

丑 么公主可要了些花兒、報 便叫貨郎、有甚妝花名數、

小的應說、有、有、有絨綫花通草花、褸金花攢翠花數、

上百十樣、他府中都有、有則留下兩種兒、丑那兩種、報

獨深居本云搭架好

獨深居本云文勢夭嬌

是寶檀綵粟點香和小裴窩那翠翦蘿春織兩朵斜插笑鏡兒睃（丑作昏跌介）妙也妙也寶檀花翠蘿花正是檀蘿二字公主接下這花天緣也（報子）還則怕俺漢子守著（報）一箇駙馬回南柯管事去了（丑）有這等一尖一箇鬆駙馬

【耍孩兒三煞】（報）駙馬呵俺守著箇鬧喳喳的畫卯堂著甚科倒把箇翠臻臻畫眉臺脫了窩俺偷風斫砦尋閑貨則要俺蛇皮鼓再打向花廊過少不的會溫存的飛虎把河橋坐少不得怕聒吵的昭君出塞和

獨深居本云
諧妙

是惹起風流禍。爲一箇觀音菩薩。起三千拚命嘍囉。

【尾聲】太子呵你先把撞門羊宰了大犒賀。把拖地錦做征旗尾後拖。搶到公主呵偏背那撲楞生老渲于干。別煞了他成就這稍不剌小檀郎快活煞了我。【下】

【介丑弔場】好稱心的事兒也就分一枝兵蘸住塹江城。俺親自搶公主去正是他要伐檀來不得。踏自無媒去伐柯。。。

第二十七齣 閨警

【好事近前】老旦貼扮宮娥上 秋影動湘荷風定瑞鑪

獨深居本云譜調香婉不亞少游詞

香過簾外呢喃歸燕怪瑣窗人卧幽情我們公主位下宮娥是也公主貴體原自嬌柔加以兒女累多心煩怕熱因此避暑瑶臺這早還睡也

好事近後〔旦上〕弄涼微雨隱秋河殘暑殢人些箇好夢暗隨團扇再朱顔來麽〔清平樂〕〔旦〕陰陰院宇枕上昏涼雨〔老旦〕風動槐柯交翠舞恰恰畫牆低午〔旦〕一簾幽夢悠揚金爐旋注沈香〔合〕鳳吹幾年都尉病慵休殢宮妝〔旦〕宮娥這瑶臺風景比南柯郡涼些〔老旦〕也是新秋了〔旦〕你知我有病在身麽〔老旦〕便是駙

馬爺在南柯這些時不來相看、（旦）俺政事羈身何暇到此、好悶呵、

【六犯宮詞】【梁州序】落紅凝院。暮雲沈閣。秋動繡簾猶卧。起來無力金釵半墜雲窩。（老旦）瑤臺城過了一夏哩、【月兒高】（旦）俺汗滅了、湘文簟、螢低了、扇影羅。（老旦）公主也忒嬌怯、【排歌】（旦）多嬌處忒病多年。來無奈睡情何。（老旦）天氣早涼些、【傍妝臺】（旦）我一時間、如涼便得沾羅幞。一會闊似熱又尋思浴翠波。（老旦）午膳哩、【皁羅袍】（旦）沒些時箇花陰午矬。【黃鶯兒】早氳人的茶飯沾唇過。（老旦）

獨深居本云
風流旖旎

公主有了王孫貴女、還悶甚麼、[旦]你休波眼前兒女。
風月暗消磨。[老旦]整辦酒筵解悶、公主祇是想駙馬
爺、

[前腔][旦]早則是瑣窗人喚夢雲初。韠一綫枕痕無那遲
遲。媚嫵還留人畫雙蛾。[宮娥送酒介][老旦]一盞心頭
過。臙脂暈臉渦[旦]怕飲、[老旦]跪勸[旦]略飲介三回勸、
半口多、朱顏怎得箇笑微酡、[老旦]有方法、叫小宮娥
吹彈歌舞、[內吹彈上介][旦]睬人那、[老旦]怎人偏喜處
生嫌渦重入刪韻再有消愁似舞和歌、[背唱介]他鳳腮微托長

裙半掩病榾兒鶰不的愁痕破〔旦照鏡歎介〕〔老旦回身介〕事多磨淹淹鏡裏有得氣兒呵〔末扮大兒子上〕秦樓通戍火漢苑入邊愁報知母親檀蘿兵起逼近瑤臺如何是好〔旦泣介〕這等怎好我的兒那你星夜往南柯報知父親我一邊督率城中男女守城防備

〔風入松〕原來祇合住南柯有甚麼清涼不過下塲頭都是俺之錯到如今惹下了干戈知他那意兒怎麼〔合〕男共女守臺坡

〔前腔〕〔末〕喜的是親娘身子減沈疴兒去也俺娘掙挫

就没有檀蘿兵至駙馬也該來救救

急忙問打不的這瑤臺破、怕你這娘子軍、没、得、張、羅。

俺、那、父、子、兵、登、時、救、活。合前旦末哭別介

尾聲從來不說有干戈、俺小膽兒登時嚇破、別將領

兵、不、濟、事、須、則、駙、馬、親、來、纔、救、的、我。旦衆下末弔場

急馬走上手下擁行

滴溜子邊報急、邊報急、怎生煞和、流星去、流星去塵

飛不過、心急馬行遲那強押把三百里老南柯做一會子

抹遲誤兵機教娘怎麼教娘怎麼、下

前腔丑扮軍妻老旦雜扮守城軍婦女揷旗執器械

上邊報急、邊報急、怎生煞和、輪班去、輪班去挨查不過、心急步行遲、那把三百箇錦城窩做一會子邏失誤城池、教娘怎麽、教娘怎麽、丑笑介奇怪奇怪、一座瑤臺城砌的蟻子縫也没一箇、甚鳥報道有甚鑽城賊、公主下令、瑤臺一衛老軍丁男、出弔橋迎賊、軍妻守垛、四門每門一箇女小旗、總領奴家是王大姐、平日有些手面、領了東門女小旗、哎喲、陳姥姥、趙姨姨、你也來了、老旦老身領了西門、雜奴家領了北門、祇南門小總不到、貼扮小厮揷旗上列位大娘拜揖、丑

（切題）

一箇俊哥兒、貼我母親是南門女小旗、病了小子替
領、丑南風發了也罷公主號令、旗婆們都要演習武
藝、咄陳姥姥看把勢、踢老旦跌介老旦哎、我老人家
了、丑趙姨姨看跌、雜跌介哎、王大姐饒了罷那、丑小
哥看飛尖、貼放丑倒介丑不信老娘倒了架、再三打
丑跌介丑我的哥跌打你不過、和你要鎗、鎗殺貼勝
丑怕介貼王大姐、這等手面怎麼防賊、丑奴家有計、
賊上城、熱屎熱尿淋頭撒下去、我連馬子煮粥鍋、都
撥上城來了、老旦雜休羅唣、我們繞城走一遭、回報

夢鳳按柳浪館本歌作哥誤

公主去、

醉羅歌【醉扶歸】一垛兩垛城臺座、一箇兩箇鋪團窩、窩札札穿鍼縫沒過、槍邪砲成堆垛、【皂羅袍】軍妻姥姥這些老婆軍餘舍舍這些小哥、斗兒東唱到參兒趖、【內鑼鼓馬嘶上介】【排歌】把塵頭望、路腳那、傍城牆走馬那數聲鑼、【內緊鼓報介】檀轟羅賊兵來了、【貼】邊報來緊且催集各家老小上城、

瑤臺城四面、　砲眼槍頭箭、

但有賊星兒、　女兵先綽戰、

總評蟻子亦好南風正蟻子偏好南風也

第二十八齣　雨陣

逍遥樂　生引外扮堂候老旦雜扮祗候執棍上　池上秋聲響、還把彩鸞雙扇掌老槐陰新雨碧油幢獨坐黃堂閑燕寢凝幽香吾在南柯有歲華麗譙清晝卷高牙刑書日省三千牘民版秋登百萬家自家出守南柯物阜民安辭清盜寡皆周田二君贊相之力杯酒為歡欽然未舉近因公主避暑瑤臺城喬內孤寂此中舊有一所審雨堂審的地氣濕熱將雨之候果然微雨應此新秋分付置酒與二君聽雨左右伺候

獨深居本云一派風華掩映

周田上太府威容盛、同官禮數親、祗候的通稟、堂候

田爺周爺到、見介生三匝南枝總舊遊、田雙攀玉樹

此庭幽、周偏因聽雨承恩澤、合共看郊原作好秋、看

酒介老旦雜下生今夕之酒專為聽雨而設、

啼鶯兒鶯啼序偶然西風吟素商、霎煞幾般疎響悉闌

珊玉馬叮噹、忽弄的个壺溜亮、倒檐花碎影琳瑯敲

鴛瓦跳珠兒定蕩黃鶯兒猛端相、斷魂何處、環佩赴高

唐

前腔銀河濕雲流素光、點滴翠荷盤上、吉琤琤打鳴

夢鳳按介合參用臧本

臧曰二合皆佳句也

鍜塘撒喇喇破茾分浪清切在梧桐井牀颯答在芭蕉翠幌隱垂堂珠簾暮捲長似對瀟湘

啄木鸝　啄木兒　華堂靜好對觴細雨紗廚今夜涼怕攪他蝴蝶飛雙聒醒我鴛鴦睡雨更那畫船眠處沙鷗望屏山醉後餘香漾　黃鶯兒　合　弄悠揚人間此際別有好思量

前腔　周　催花緊鈔燕的忙一陣陣黃昏愁雁行　田　偏有他側耳空房閃窗紗半滅銀釭　周田合　一般兒天涯薄宦窮途況洞庭歸客孤篷上　合　數天長十年心

獨深居本云夢中說夢幻甚

事和淚隔秋窗（生）司農我晝寢忽然一夢大兒子誦毛詩二句鶴鳴於垤（奇切）婦歎於室是何祥也（田想介）依下官愚見詩云天將雨而蟻出於垤鶴喜食蟻故飛舞而鳴婦歎於室似是公主有難要與老堂尊相見此乃東山之詩主有征戰之事（生）多謝指教當謹防之（內鼓介）（生）問報鼓爲甚而忙（末打馬疾走上介）風傳流賊起火速報君知報爹爹檀蘿兵起一半攻打塹江城一半向瑤臺城來了（生慌介）怎了怎了瑤臺公主所居塹江邊城要路賊兵兩路而進其意難量

緩話不像夢鳳按柳浪館本勒槓獨深居本加圈今同批語兩存之此齣介白並參用臧本毛本獨深居本云本色臧曰蟻陣老鸛陣自是本色且有做法

我與田司農領兵去、解公主之圍、別遣周司憲守禦塹江城一帶、孩兒把守南柯、暫且休息去、（末）要活娘兒命、無過子父兵、（下）（生）司農、司農、夢之響應如此、（少不得這句）（周）便是公主在圍、須得星夜前進、（生上）堂候官傳下號令、點五千兵、跟周爺救塹江城、選鋒三千名、跟我星夜前救公主、（外丑貼雜扮軍卒執旗上）瑤臺先救月、別騎見臨江、稟太爺演陣。（田）稟堂尊、救塹江、祇排箇尋常蟻陣救公主的、要依詩云、排一箇老鸛陣。（眾應）排陣走介、蟻陣、完、（再排陣舞叫穿花介）老鸛、陣、完、（生）

今之列陣皆蟻耳

臧曰築下箇粉壇塲語佳

我與周司憲分兵而去、（周）稟堂尊三軍鼓氣全在於酒。周弁一生。全仗酒力。望主公大賜恩波。（生）五千名軍、賞他五千箇泥頭酒去。則一句話。司憲在心。小生昔爲淮西裨將。使酒誤事。二君所知。自拜郡以來。戒了這酒。司憲平日頗有酒名。旣掌兵機。記吾囑咐。酒要少飲。事要多知。（周）謹領尊命、就此起行了、

刮鼓令（生）冲星一劍。忙向瑤臺相對當、公主呵、他烟花陣怎生圍向、（田）那檀蘿眞崛強、築下箇粉壇塲、艮時吉方陣頭安上、（合）聽楚天秋雨過殘陽、刱做了金

鐙響玎璫、【生田下】

【前腔】【周】孤城號塹江、敢囊沙聚米糧、看仔細檀蘿模樣、望江鄉、策應忙、杯酒襯戎妝、他居中主量、我從邊兒趕上、【合前】

瑤臺城傍月兒邊、為惹兵戈破鏡懸、
此日相逢洗兵雨、一天長塹凱歌旋。

總評設有病虛之人幾以此陣為牛舞矣

第二十九齣　圍釋

【金錢花】【太子引小生外搽旦雜扮軍卒執旗行上】俺們太子是檀蘿、檀蘿、日夜尋思要老婆、老婆、瑤臺城

二十一

暖紅室

子裏有一箇喒編橋渡過小銀河要搶也波搶得麽赤剌剌的笑呵呵好了好了好了圍了瑤臺城你看城子高接廣寒明如閬苑便待一鼓破了瑤臺何難之有又怕驚了公主不成其事昨日打了戰書入城他那裏敢回話想祇等駙馬來救我別遣一支兵馬攻取塹江城直逼南柯看那駙馬怎生來得公主公主眼見的到手也今日故意再把城子緊圍他開時叫公主親自上城打話待小子飽瞧一會衆把都緊圍緊圍（內鼓譟介）緊圍了（老旦貼扮內使女官扶公主上）哎

臧曰膽破青鸞色一聯佳

喲、檀蘿兵緊上來了、眼見得無活的也、快請公主升帳、（旦引貼扮宮女眾領上）天阿天阿、怎了也、瑤臺試一踹、賊子逼城陰。瞻破青鸞色。情傷駙馬心。女牆邊月近。孤枕陣雲深。怎得南柯去。高樓橫笛音。（內鼓譟）（介旦眾哭介）如何是好、

（南呂一枝花）（旦）冷落鳳簫樓、吹徹胡笳塞、是甚男心多、偏算計這女喬才、避暑迎涼、甚月殿清虛界、倒惹他西施兵火到蘇臺、遭勞擾兩月幽閒養病患、又一天驚駭、（內鼓譟介）（旦）天、天、天、怎生來這瑤臺城內錢

糧不多、賊子因何圖此、昨日打下戰書、思量起來、男
女不交手、怎生輕敵而戰、專等駙馬到來、如今著人
問他、或是要些小財物、捨些他去、免得攪擾一番、叫
通事問他、此來主何意思、（末扮通事上問介）（太應介）
要問俺起兵主意、請公主自來打話、（通回稟介）他要
請公主打話、（旦歎介）我乃一國之貴主、這些毛賊、怎
敢對話、（通回太介）公主乃一國之貴主、怎與你們打
話、（太）俺非以下將佐、乃是本國四太子、叫你公主就
是姐姐一般、請來打話、（通回旦介）他說是本國四太

藏曰此曲絕似元人獨深居本云活現箇繡旗女將錦撒夫人來也

予、四公主就是姐姐、一般、可以打話、（旦）這等、祗得扶病而去、倘然三兩句言詞、退了他兵、也未可知、（旦）賊意難知、公主須得我裝、扮樓一望、（旦）然也、（旦）換我妝

（弓箭介）

【梁州第七】怎便把顫巍巍兜鍪平戴。且先脫下這襖設設的繡襪弓鞋。小靴尖忒逼的金蓮窄。把盔纓一拍。膊鞲雙擡。宮羅細揣。這繡甲鬆裁。明晃晃護心鏡月偃分排。齊臻臻茜血裙風影吹開。少不得女天魔排陣勢撒連連金瑣槍欄。女由基扣雕弓厮琅琅金

獨深居本云
體帖形容



泥箭袋女孫臏𢌿號令明朗朗的金字旗牌。衆喝采
介〈旦〉奇哉。你待喝采。小宮腰控著獅蠻帶。粉將軍把
戲勢擺。〈上城介〉你看我一朵紅雲上將臺。他望眼孩
哈。〈內鼓譟旦驚介〉來的好不怔忡也、權請他太子打
話、〈太喜打滾笑介〉妙也、妙也、真乃是月殿嫦娥、雲端
裏觀世音、姐姐請了、〈旦〉太子請了、太子君處江北、妾
處江南、風馬牛不相及也、不意太子之涉吾境也、何
故、〈太〉公主、你把我的主意猜一猜、猜來、
〈牧羊關〉〈旦〉看他蟻陣紛然擺。風雹亂下飾、他待碗兒

夢鳳按柳浪館本作小心腸心腸兒多大獨深居本作小則小心腸兒多大今從獨深居本改正

夢鳳按各本無你你你三字敢字照臧本補

般打破這瑤臺我好看不上他𢰅腳兒赤體精骸小則小心腸兒多大則不過領些須魚肉塊兒些小米頭柴怎做作過水興營砦太子你敢拚殘生來觸槐通四太子我丞公主說你祇要些米頭魚骨償你些去便了太笑介小子非爲哺啜而來好不欺負人也左右祇擂鼓緊圍罷了旦通事你再說與他四塊玉你你你逐些兒打話來敢則把你虛脾賣敢要生口太不要旦要些金銀太不要旦爲甚麼錢糧生口都不在懷太你不知俺那國裏少些女人故此

臧曰女人國不近你那檀蘿界語佳

而來旦原來女人國不近你那檀蘿界太不是以次
女人近來小子親自斷了絃旦咳則道少甚麽粉丕
丕女將材原來要帽光光你箇令四太內鼓譟介太
快回將話來俺要媳婦兒緊旦奇哉這賊忒急色旦
說與他待我奏知國王選箇女兒送他著他休了兵

獨深居本云曲白都好

去太吾乃太子要與國王爲女婿哩旦他是不知
駡玉郎說知他我國王位下無了尊愛太公主是他
尊愛旦禁聲早有了駙馬養下了嬰孩太公主還嫩
嫩的旦便做你看不出也三十外太駙馬在那裏旦

臧曰便做你看不出也三

十外句佳
夢鳳按各本無他他他三字照臧本補

他他他、去南柯、選將材來來來、那時節替你擔利害（太）管斷馬來不來。公主會了俺的人揷了俺的花。難道不容我做夫妻一夜兒。

【哭皇天】（旦）呀呀呀、這風魔也似九伯、使村沙惡茶白賴、通事問他那裏會他的人、揷了他的花、（太）前日寶檀絲翠翦蘿都是俺送你公主插戴的、你接下了、約、我來（旦）惱介哎喲、原來倒爲此賊所算了、宮娥快取花來碎了、撒下城去、（旦）碎花介哎原來、土查兒生扭、做檀郎賣女絲蘿、倒被你臭纏歪小覷我、玉葉金枝

臧曰撲琅生等句佳

夢鳳按柳浪館本原題作賺尾茲改正

胡撚（擲花著太惱介）你俺一般金枝玉葉作踐我的
花氣死俺也一枝冷箭去嚇死花娘（射介）公主看箭
（箭響介）（旦作袖閃半跌介）哎也撲琅生射中了入寶
攢盔金鳳釵險些兒翎拴了鳳髻鉤掛住蓮腮（內鼓
響介）（太慌問虛下介）（內喊介）駙馬兵到（卒報旦介）賊
兵紛紛解散鼓聲振天駙馬救兵到也（旦喜介）
（隔尾）紛紛蟻隊重圍解冉冉塵飛殺氣開駙馬征西
大元帥馬踐征埃花攢戰鎧我呵城臺上助鼓三咚
撫兒他大喝采（下）（生領眾上）將軍不戰他人地殺伐虛

臧曰詞中多佳句好

獨深居本云虛實並妙

恭公主親、太子衆上介生檀蘿小賊、何不早降、太俺乃檀蘿四太子、纔與公主打話片時、你便喫醋、怎的。戰介生問介他是蟻陣我三軍飛舞作老鸛陣方可破他、介再戰太敗走介旦衆上謝天謝地、駙馬得勝而回、衆三軍開城迎接、見介生好不嚇殺我也、旦真箇嚇死人也、

烏夜啼奴本是怯生生病容嬌態、早戰兢兢破膽驚駭、怎虞姬獨困在楚心垓、爲鶯鶯把定了河橋外射中金釵、嚇破蓮腮、晗瞭高臺是做望夫臺他連環砦

總評蟲子也利他人妻又何怪乎人哉然利他人妻者蟲子也非人也

夢鳳按柳浪館本原題作尾煞茲從葉譜改正

臧曰結句亦徃



打烟花砦爭些兒一時半刻五裂三開（生）三軍城外犒賞快取酒來與公主壓驚（旦）瑤臺新破不可久居星夜趕程往南柯郡去

（煞尾）（卧）番羊拜告了轅門窣（聽）金鼓喧傳拜將臺（抵）多少笙歌接至珠簾外不是你親身自來紅雲陣擺險些兒把這座小瑤臺做樂昌家鏡兒摔

脚踹鴛鴦陣（無味）　頭頂鳳凰盔

馬敲金鐙響　人唱凱歌回

## 第三十齣　帥北

獨深居本云
末句俱應疊
唱



六么令（搽旦扮賊將引丑雜太衆執旗上）檀蘿饑渴出山來覓食爲活藤編鐵甲樹兵戈穿東澗搶南柯塹江城塹的佳江兒麼塹江城塹的佳江兒麼把都們好了好了俺檀蘿太子去搶瑤臺城著咱這一枝徑搶塹江城望南柯征進前面便是快搶上去

前腔（雜扮守城軍上）南來烽火一星星報去南柯府堂中備禦計如何呀那前來的是檀蘿塹江樓那位將軍坐塹江樓那位將軍坐俺們是把守這塹江城小軍兒弟檀蘿來得這般緊急還不見守禦官來俺

們祇得上城巡警、

前腔（周弁領小生外衆執旗上）一番兵火一些些喚做檀蘿、俺兵半萬出南柯、走餓渴、轉林坡、塹江城有得酒兒噓、（守城軍接介）（周）盼的這座城到了、（衆）塹江城、要得酒兒噓、（周）渴了、渴了、（衆）是渴了、爺、（周）叫守城軍、司農爺運的犒賞酒可到哩、（守軍應介）到了、但一名軍一箇泥頭酒、五千軍五千箇泥頭、大河清、小河清、（還未）配著南京真正一寸三分高堆花老燒酒、稟爺起用那一號、（周）便取一半水酒、一半燒酒、取名水火既

濟、都堆上這城門首來、眾軍取酒上介算泥頭一百
一百又一百、二三而五五箇百、五箇五百兩箇百、兩
箇五百五箇百、周五千箇酒勾了、儘著喫、泥頭都丟
在戰場上去、眾軍喫水酒、俺喫燒酒、不論量以渴止
爲度、眾作飲介渴哩、渴哩、丟泥頭介周俺從來好酒、
則因府主相拘、怕官箴有玷、這纔是俺顯量時節也、
飲酒、眾醉介內鼓介報、報、擂蘿賊到城下了、周由他、
且飲酒、內急鼓介、報、報、報、擂蘿賊先鋒挑戰、周作惱
介這賊好無禮、酒剛喫到一半、則管衝席、眾軍乘酒

臧曰臉從醉後一句諢語佳

與、殺出城去、〔衆應介〕臉從醉後如關將酒尚溫時斬華雄、〔下〕賊喝介唱前穿東澗三句上〔介〕把都們、搶進塹江去、〔周領衆唱前走饑渴三句迎穿上介〕來者莫非檀蘿賊平、〔戰介周衆作醉不敵賊趕下介周急上〕衆軍士再取一大觥燒酒來、戰的渴也、〔衆取酒上飲介〕賊上那邊廂好不香的燒酒哩、搶上去、〔又戰周衆又敗介周獨身上〕咬也、賊好無禮、便認輸了這一陣、天氣炎熱、日勢已晚、且御下征袍、月下單騎回去也、〔下〕賊上好、好、好、趁這番搶入塹江城去、〔跌介〕咬也、爲

夢鳳按各本皆作搶入南

柯去今從臧本改正

甚跌了也、則見酒氣薰天、流涎滿地、呀、原來城門首堆著幾千箇泥頭塞路也、（作看天介）看此天氣、必然、大（蟻）、雨、漲、江妨俺歸路、俺們且撥了這幾箇餘酒、唱箇得勝歌回去也、

總評好一箇江左周郎

臧曰囉嗹哩二句是本色語

夢鳳按各本作哩囉嗹茲從臧本葉譜作囉嗹哩

【前腔】旗旛搖播、擁回軍擂鼓篩鑼、殺山酒海笑呵呵、囉嗹哩、哩嗹囉、搶南柯得勝回齊聲賀、搶南柯得勝回齊聲賀、

南柯敗損數千軍、　贜得泥頭撲鼻醺

遇飲酒時須飲酒、　得饒人處且饒人、

## 第三十一齣　繫帥

三台令〈生引小生扮堂候外老旦持劍上〉長年坐策兵機、這幾日有些狐疑、檀蘿欲翦快如飛、怎不見捷旌旗、〈集唐〉纔到城門打鼓聲、武陵一曲想南征、誰知一夜秦樓客、白髮新添四五莖、俺湻于棼久鎮南柯、威名頗重、近乃公主避暑瑤臺、幸解檀蘿之困、祇愁塹江一帶、別遣周弁救援、顒伺捷音、早已分付司農整排筵宴、十里長亭、與周弁接喜、可早到也、

前腔〈田上〉太平筵上花枝、酒旗風偃征旗、喜氣欲淋

滿、這勝算兵家怎擬、見介田妙算老堂翁、生協贊有
司農、田准備花前酒、生來聽塞上風、司農、周司憲戰
期已數日了、還不見捷報、使俺心下憂疑、田一來國
王洪福、二來府主威光、三來司憲英勇、定然得勝、而
回、丑執旗上報介江山看是、壍草木怕成兵、報、報、報、
周將軍單馬回城來了、生司憲先回、多應得勝、叫樂
工們響動、內鼓吹介
北醉花陰周弁幅巾白袍帶劍走馬上俺這裏匹馬
單鞭怕提起、郎漸的一家兒這裏頭、直上滾塵飛、一

邊廂擂鼓揚旗、那唱賀的歡天地、（望介）原來是太老先生、與司農寮長、置酒在長亭之上、咳、他則道敲鐙凱歌、回曲恭恭來壓喜、（見介）請了、（生）呀、周司憲得勝回來、俺同僚們安排喜酒、（周）好了、好了、快討酒來、

南畫眉序（生）花柳散金杯、一片驚心在眼兒裏、當初去有黄金瑣子甲、怎全身赤體、卸甲投盔、覩形模事體堪疑、得了勝、怎單騎而至、（田）不瞞堂尊大人說、周司憲此來、真箇可疑、（合）怎的意頭兒沒張致、還責取後來消息、

北喜遷鶯【周】爲甚俺裸肩揚臂。熱天頭助喊揚威。頳也麼頳。沒箇兒幫閑取勢。邀的俺赤甲山前被虜圍。【生】呀、被圍了、怎的出得來、【周】沖圍退不是俺使些精細。險些兒頭利無歸。快討酒來、【生】這等是兵敗了、還說酒哩、且問你、

南畫眉序【生】當日擺兵齊。半萬箇選鋒盡跟你。一箇箇鎗來會躲。箭去能揮。如何通不見一箇回來、你一家兒人馬平安。那些兒何方使費、【合前】【周】那五千箇人、去時俺是見他來、

甁曰便是半萬箇泥頭俺也賠不起句佳

獨深居本云竟是說酒妙

【北出隊子】給千兵果然編配。點兵單。箇箇齊。（生）戰場上可有呢、（周）戰時還有、戰了後俺通不知那裏去了、（生）田司寇公敢是盡被檀蘿殺了、（周）這也難道、（生）則問他半萬箇人頭、（周）刻單鞭投至一身虧甚半萬箇人頭要俺賠呀、你便是半萬箇泥頭俺也賠不起（生）我說人頭他說泥頭是怎的通不聽他只以軍法從事、先斬後奏了、（周）誰敢無禮、（生）惱介敗軍之將還敢嶇強、

【南滴溜子】敗軍的敗軍的全生誤國論軍法論軍法

臧曰那些兒劉備張飛句佳

難容恕。你叫正正典刑是理。諸人聽指揮。將他細執量決一刀。做箇旁州之例。〔眾持刀綁周周不伏介〕

〔北刮地風〕〔周〕呀忽地波怒吽吽壞臉皮。那些兒劉備、張飛、大槐安國內君王婿。誰不知倚勢施爲。便做著你正堂尊貴。俺可也不惜命低微。〔生〕快取首級哩。〔周笑介〕俺怎生殺透賊圍。掙得這首級歸。你刴口兒閑胡戲。你便申軍法。俺怎遵依。斬字兒你可也再休題。〔生〕俺是掌印官施行你不得。叫劊子手一齊向前綁了。〔田〕稟堂尊。此事未可造次。

夢鳳按獨深居本括作折今從之

獨深居本云不合調譜

夢鳳按毛本難加作難行

獨深居本云詩甚可刪

【南滴滴金】念周郎至友同鄉籍地折裏相逢忒遭際。橫枝兒住札南柯地。是堂尊薦及。薦及他爲元帥。他平生也爲人今怎的堪詳細。便消停到底。爭遲疾【生】依說便再問他周弁你因何犯此失機之罪【周】非關小將之事也非關五千箇軍人之事都是依堂尊半萬箇泥頭酒諸人走渴之時一鼓而醉忽報檀蘿索戰一箇箇手彈腳輭只小將一人酒量頗高向前迎戰獨力難加只得棄甲丟鎗乘夜而走你不信有詩爲證暑往寒來春復秋夕陽西下水東流將軍戰馬

今何在野草閑花滿地愁這都是你半萬箇泥頭酒之過也

北四門子千不合萬不合伊把半萬箇泥頭兒燒不是水不是蒙汗藥醱的醅卻怎生輭兀刺燒葱腿難跳踢急麻查扶泥臂刀怎提（生）這等怎生戰的來（周）還說戰哩（生）這等則怕擂蘿軍殺過潼江城這邊來了（周）這到不要慌俺留下一計正待搶殺進城被俺將酒泥頭盡數丟在戰場之上把他戰馬一箇箇都絆倒了不曾搶的城來此又半萬箇泥頭酒之功也

那酒瓶兒似山泥頭似堆攢沙塲滑喇叉酧退了賊、你記他一功贖他一罪道的箇君當恕人之醉趣【生】周弁你去時俺怎生說來酒要少喫事要多知你都不在意一定要正軍法【周】吱從古來誰不飲酒天若不愛酒天應無酒星地若不愛酒地應無酒泉天地都愛酒俺飲酒是兵權漢樊噲三國周公瑾關雲長都也貪杯希罕於俺一人乎

南鮑老催【生】你樊今比昔那樊將軍他殢酒把鴻門碎關大王面赤非干醉比周瑜飲醇醪量難及也罷

俺念你一一是同鄉、一一是同寮、停了軍法、且把你牢困

監候、奏請定奪、把你貪杯子反的頭權寄上丹青干（不詳）

禁身牢繫、忙奏請、隨覓急、（生）兵快們、拏周弁監了、（衆）

押周不伏介

北水仙子（周）呀呀呀、放你的啞、（生）惱介、拏也、（周）取劍

舞介　拏拏拏、拏的俺怒氣沖天舞劍暉、（生）住了、你道

俺拏不的你麽、挂起令旨旗牌來、貼扮中軍捧旗牌

上、挂起旗牌介（田）司憲入公酒放醒些、擡眼哩、（周）看作

怕背介　他他他、他叫俺掙著迷奚、抹眼介　我我我打

些兒抹昧、（回斜看介）可可可、可怎生挂起了老君王
令旨旗你你你、你敢有甚麼密切欽依、（衆）周司憲挂
了令旨不跪、是何道理、（周反手介）火火火、火的俺閫
外將軍向閫內歸、少少少、少不得拖翻硬腿隨朝跪、
（跪介）（生）周司憲、可伏綁了、（周）周弁不是伏別人、這這
這、這是俺爲臣子識高低、（生）這等送你收監去、（行介）
（南雙聲子）前日裏、前日裏、曾勸你、酒休喫、全不記、全
不記、鬼弄送、胡支對、輸到底、輸到底、倒了觜、倒了觜、
看君王發落、權時監裏、叫司獄官、（丑扮獄官上）司獄

總評 喫酒的看樣

官按爺、（生）周司憲敗兵軍、暫請此中寬坐數日、（周）僞介
咳、周弁何等英雄、今日到此、

【北尾】俺透重圍透不出這牢牆內、背膊上好不疼也、好歹和俺瞧一瞧哩、（衆看笑介）一箇酒刺兒大紅疙瘩、（周）罷了、罷了、罷了、敢氣的俺周亞夫疽生背、俺氣死不怨別的、則怨著半萬箇酒堆兒也、悔不當初、悔不當初、枕著箇破泥頭、做一箇醉臥沙場征戰鬼、（下）

（生）三軍斬首爲貪杯、（田）一面權收寄劍才、
今朝酒醒知寒色、（合）悔不當初奏凱回、

第三十二齣　朝議

小蓬萊（王引老旦扮內官上）世界於今幾變。精靈自古如常。槐國爲王。柯庭遣將、近事堪惆悵、（集唐）隨朝楊柳映隄稀、臺殿雲涼秋色微、聞道王師猶轉戰、黃龍戍卒幾時歸、寡人槐安大國、素與檀蘿有讐、近乃公主困圍、僥倖駙馬救解、別遣周弁往援瀍江、捷書未見飛傳、右相必知消息、

前腔（右相持表文上）儼爾尊爲右相、居然翼戴君王、咳、立下朝綱、壞了邊防、奏到星忙、上　吾爲右相、每念

玉茗堂南柯記 卷下 三七 暖紅室

南柯重地駙馬王親在郡二十餘年威權大盛常愁他根深不翦尾大難搖偶值公主困圍塹江失事得他威名少損此亦不幸中之幸也星夜駙馬奏來請正將軍周弁之罪俺將表文帶進相機而行見介臣右相段功見王右相外來頗知檀蘿用兵勝算平右駙馬飛傳表文臣謹奏上

瑣窗郎（瑣窗寒）念臣棼誠恐誠惶塹江城遭寇與攔當王有周弁領兵去右誰料三軍出境止得一將還鄉王這等大敗了右臣棼肺腑理難欺誑（賀新郎）望我王

將臣削職隨欽降還議罪周弁將（王）論我國家氣勢
得時而羽翼能飛失水則蛟龍可制瑣瑣檀蘿遭其
挫敗咳駙馬好不老成也
（前腔）倚南柯瑣鑰疆場那檀蘿多大勢難當怎提兵
數萬戰死殘傷這風聲外敵把吾輕相可惱可惱淯
于駙馬在中軍帳怎用的周弁將
（前腔）（右）論邊機失誤非常則二十年爲駙馬也星霜
（王）正是俺也念駙馬在邊年久加以公主屢請還朝
止爲南柯太守難得其人因此暫止（右）駙馬取回還

臧曰右相處分甚得體獨深居本云相署

臧曰若斬周弁何但傷駙馬之心抑非當時取弁之意

總評如段生者可謂是箇有智略的蟻子

有田子華在彼、看田生智略、可代湻郎、堪取回公主、到京調養、【王】春秋衰邁、責在大夫、今日駙馬之過也、【右】妨親礙貴、宜包奬權坐罪周弁、將【王】這等周弁失機應斬、【右】周弁乃駙馬至交、兩次薦舉、斬周弁、恐傷駙馬之心、不如免死立功贖罪、【王】依奏、

周弁免死且饒他、　接管南柯田子華、
公主驚傷同駙馬、　即時欽取到京華、

## 第三十三齣　召還

【意遲遲】【貼扮宮娥扶病旦上】一自瑤臺躭怕恐、愁絕

多嬌種、淚濕枕痕紅、秋槐落葉時驚夢。【貼】倚妝臺掠鬢玉梳慵。盼宮闈不斷眉山聳。【古調笑】【旦】魂去魂去。夢到瑤臺秋意。醒來依舊南柯。折抹嬌多病多。多病多病。富貴叢中薄命。自家生成弱體、加以圍困驚傷、又聽周弁敗兵、駙馬惶愧、奴家一發傷心、曾經幾度啟請回朝、圖見父王母親。一來奴家得以養息、二來駙馬久在南柯、威名太重、朝臣豈無妬忌之心、待俺歸去、替他牢固根基、三來替兒女完成恩蔭之事、未知令旨早晚何如、

臧曰步蟾宮
引佳
獨深居本云
幽豔

【步蟾宮】生忠淨冠補子便衣上一片愁雲低畫棟。挂暮雨珠簾微動。倚雕欄和淚折殘紅。消受得玉人情重。見介八公主貴體若何。旦多分是不好了。且問駙馬來此多年。生整整二十年了。旦歎介淳郎夫聽奴一言。奴家生長王宮。不想有你姻緣成其匹配。俺助你南柯政事頗有威名。近日檀蘿敗兵。你威名頓損。兼之廿年太守。不可再留。俺死為你先驅螻蟻耳。妙泣介內作樹聲清亮生問介此聲何也。兒上介稟爹娘是槐樹作聲。旦笑介駙馬。這樹音清亮可喜。生難得八公主這一喜、【旦】你不知此中槐樹、號爲、聲、音、木、我國中但有拜相者、此樹即吐清音、看此佳兆、駙馬早晚入爲丞相矣、則恐、我、去（見）、之（到）、後、你千、難、萬、難、那、

【集賢賓】論人生到頭難悔、恐尋常兒女情鍾、有恩愛的夫妻情事冗、奴家並不曾虧了駙馬、則我去之後、駙馬、不得、再、娶、呵、累你影悽悽被冷房空、涓于郎、你回朝去、不比、以前、了、看人情自懂俺死後百凡尊重。

【合】心疼痛、祗願的鳳樓人、【末、生泣介】

【前腔】公主呵、聽一聲聲慘然詞未終、對杜宇啼紅、你

去後俺甘心受唧噥則這些兒女難同公主呵你的
恩深愛重二十載南柯護從合前旦泣介
貓兒墜如寒似熱消盡了臉霞紅那宮女開函俺奏
幾封早些兒飛入大槐宮生拜介天公前程緊處略村氣
放輕鬆旦病到此際也則索罷了生怎說這話
前腔香肌弱體須護好簾櫳裙帶留仙怕倚風把異
香燒取月明中旦惺忪斷魂一縷分付乘龍外扮紫
衣官捧詔上末扮大兒雜扮女兒同上報報報令旨
到爹爹娘病了怎生接旨生兒子們扶著母親拜便

了、〔紫讀詔介〕令旨已到、跪聽宣讀、大槐安國王令旨、公主瑤芳同駙馬淳于棼、南柯功高歲久、欽取回朝、進居左丞相之職、其南柯郡事、著司農田子華代之、欽哉謝恩、〔衆呼千歲起介〕〔旦〕恭喜駙馬拜相當朝、槐樹清音、果成佳兆、〔生〕多謝公主擡舉、〔紫叩頭介〕〔生〕周弁作何處置、〔紫〕有旨了、駙馬分上、免死立功、〔生〕天恩浩大哩、且請皇華館筵宴、〔紫〕詔許王人會、恩催上相歸、〔下〕〔生〕公主、我在此多年、一朝離去、應有數日周詳善後之事、待著孩兒送你先行、到郭門之外候俺一

獨深居本云
情至之語

齊朝見旦正是則這二十年南柯郡舍一旦抛離好
感傷人也生人生如傳舍何況官衙則你將息貴體
孩兒看酒末奉酒上介
皁鶯兒黃鶯兒生杯酒散愁容病宮花小桂叢我兒呵
你長途細把親娘奉調和進供溫涼酌中你烏紗綽
鬢非無用皁羅袍末雜承爹厚命丁寧在胸奉娘前進
寒溫必躬管平安遇有人傳送黃鶯兒合靠蒼穹一家
美滿排備御筵紅貼報介啟公主駙馬外邊官屬百
姓等聞的公主回朝都在府門外求見旦宮娥你說

獨深居本云
令人腹痛
總評公主頗
賢明知事今
世上反有不
如此蟻者可
憐可憐



公主分付生、受你南柯百姓二十年、今日公主扶病、
而回、則除是來生補報了、〔內哭介〕〔生〕叫不要感傷了
公主、看轎來、

金枝玉葉病葳蕤、　廿載南柯寄一枝、
不是大家隨子去、　爭看貴主入宮時、

第三十四齣　卧轍

〔浪淘沙〕〔丑扮老錄事上〕狗命帶酸寒、不做高官白頭
紗帽保平安、職掌批行和帶管、有的錢鑽、自家南柯
府錄事官便是、南柯府堂風水單好出些老官、你不

獨深居本云一幅賢太守



信駙馬爺二十年田司農二十年俺錄事也二十餘年來時油光背臉如今鬍子皓白了天恩欽取公主駙馬還朝三日前公主起行駙馬將府事交盤與田司農今日起程司農爺長亭餞別早分付了駙馬爺來時是太守今回朝去是箇左丞糊了車路欠平著人堆沙填起一隄約有三十里長兩頭結綵爲門題著四箇大字新築沙隄好些小百姓來看也

【前腔】雜扮父老持奏上少壯老平安一郡清官賢哉太守被徵還百姓保留天又遣要打通關見丑跪介

送行圖使人動念良牧詞繁不厭

參軍爺、小的、們、有、下、情【丑】甚麼事、【父老】淳于爺管府事二十年、百姓家安戶樂、海闊春深、一旦欽取回朝、百姓怎生捨得、【丑】這不干俺事、【父老衆】父老商量盡南柯府城士民男婦簽名上本、保留淳于爺再住十年、京師窵遠、敢央及參軍爺發下快馬十數匹、一日一夜三百里、飛將本去、萬一令旨著駙馬爺中路而轉、重鎮南柯、但憑百姓們親齎、恐不濟事了、【丑】驚介你們要留太爺、怕上本遲了、央俺撥快馬十數疋、一日一夜飛將本去、萬一令旨著駙馬爺中路而轉、重

臧曰長亭相送二句佳

鎮南柯罷了列位父老哥免照顧〔父老泣介〕參軍爺不准央田爺去〔丑〕央田爺麽你去你去〔眾起介〕〔丑〕回來講與你聽便是田爺知南柯府事了不好意思得〔父老〕原來新太爺就是田爺不便央他了還是百姓們蟻行而去罷〔丑〕著了田爺將到〔眾避介〕

一落索〔田上〕廿載府堂簽判奉旨超階正轉長亭相送舊堂還呀塞路的人千萬〔丑參見介〕稟老大人酒筵齊備〔田〕紅塵擁路想都是送太爺的麽好百姓好百姓〔丑〕鼓吹聲喧太爺早到〔田丑走接介〕

臧曰此曲甚得體語亦佳

好

嬾畫眉生引小生扮堂候貼雜執旗上一鞭行色曉雲殘、五馬歸朝百姓看、内作喊哭介俺的太爺呵、生擁路者數千人因何如此、丑都是攀留太爺的、生原來是銜恩赤子要追攀、俺有何功德沾名宦、知道了、是百姓們厚意他替俺點綴春風好面顏田跪接介司農田子華迎接公相、生司農請起、下車相揖、下介揖介生司農這條官路、幾時修好了、呀、綵門金字、新築沙隄、田是新築沙隄宰相行、生笑介願與足下同之、同行介

夢鳳按柳浪館本作隱隱鑾欠協獨深居本作隱鳴鑾今照改

獨深居本云交代逼真

前腔生俺承恩初入五雲端、田這新築沙隄宰相還、生重重樹色隱鳴鑾、田前面長亭了、下官備有一杯酒便停驂祇覺的長亭短生恰正是取次新官對舊官、俺到介田參見介生早間別過了周司憲、便到貴衙未得相見、借此官亭之便拜謝司農、田不敢拜介生廿載勞君作股肱、田堂尊恩德重難勝、生公私去後煩遮蓋、田還望提攜、接後程、丑參見介錄事官叩頭生起來、二十年的參軍清苦、俺去後司農好看覷他、丑叩頭謝介田看酒、吏持酒上、竹映司農酒花偕

上相車、酒到、用送酒介

山花子喜南柯一郡棠陰滿、公歸故國槐安、二十載家寍戶安、到今朝行滿功完、生印務俱已交盤了、看黃金印文邊角全、文書查交倉庫盤、筵席上金杯滿前離恨端、合歸去朝廷、跨鳳驂鸞、

前腔生俺舊黃堂政事新、人管有一言聽、俺同官休看得一官等閒、也須知百姓艱難、田喜明公教條金石刊、下官遵承無別端、二十載故人依依離別顏、合前生公主久行、本爵難以羈遲、告辭了、生起行介

夢鳳按柳浪館本作腦項誤今改正

大和佛（衆父老）上腦頂香盆天也麼天、天留（生）俺恩官、（跪泣介）老爺呵、你暫留幾日、待俺借寇到長安、捨的便抛殘、（生泣介）父老呵、難道我捨的、朝廷怎敢違欽限、俺二十年在此、教我好不回還、（父老）俺男女們思量、二十載恩無算、怎下的去、心離眼、（泣攀臥介）老爺呵、俺祇得倒臥車前、淚斕斑手攀闌、（生）少不的去了、起來、起來、（行介）

夢鳳按本曲首二句柳浪館本及葉譜俱誤作衆父老

舞霓裳（衆衆父老）擁住駿雕鞍、（衆男女）拽住繡羅襴、（生泣介）車衣帶斷情難斷、這樣好民風、留著與後賢

擁住駿離鞍衆男女拽住繡羅襴滅本改一齊擁住駿離鞍還須拽住繡羅襴

臧曰二十年消受你百姓家茶飯句隹

看司農呵、爲俺把蒼生垂盼、(衆泣介)留不得、祇早晚生祠中跪祝讚、(生)父老我去也、

紅繡鞋(衆)扶輪滿路遮攔、遮攔東風回首淚彈、淚彈長亭外畫橋灣、齊叩首捧慈顏、賢太守錦衣還、(生衆)父老子弟們、請回了、(衆)百里內都是南柯百姓送行、生生受了、

尾聲(衆)官民感動去留難、(生)二十年消受你百姓家茶飯、則願的你雨順風調、我長在眼、(下)(父老弔場)好老爺、好老爺、俺們一面拜見田爺、一面保留駙馬爺、

還是駙馬爺管的百姓穩俺們權坐一坐每都派一名赴京做派數介內響道介丑上天有不測風雲人有無常禍福呀你們父老還在這裏衆老爺還待趕送一程丑你們都不知太爺行到五十里之程前路飛報公主不幸了衆怎麽說丑公主薨了衆哭介怎麽好天也當眞麽丑不眞哩田爺分付俺回來取白綾素絹檀香去行禮還說不眞衆這等駙馬爺不能勾回郡了打聽是眞俺們合衆進香去

賢哉太守有遺恩　去郡傷哉好郡君

總評祇爲太守恩德重大先奪其蟻免得爲蟻所困終爲螻蟻食也

自是感恩窮百姓　千年淚眼不生塵

## 第三十五齣　芳隕

〔繞紅樓〕老旦引宮娥上　生長金枝歲月深南柯上結子成陰怕病損紅妝歸遲紫禁槐殿暗傷心〔清平樂〕玉階秋草綠偏長秋道礓石宮前紅淚悄人在樓臺暗老　淑女南柯病損多嬌嬌若何極目倚門無奈休遮小扇紅羅老身貴處深宮自聞女孩兒瑤臺驚戳日夕憂惶喜的千歲有旨取他夫婦還朝昨日報來公主帶病先行數日知他路上如何老身好不掛

臧曰問天天句佳

懷也、（泣介）（旦扮女官走上）青鳥能傳喜慈烏怎報凶、啟娘娘、宮娥今日掌門聽的、宮門外、人說、公主病重、千歲與大小近侍哭泣喧天、不知怎的、（老旦驚介）這等怎了也、（泣介）（內響道介）

哭相思（王引淨扮內使上）欽取太遲臨問天天、你斷送我女孩兒忒甚（見介）梓童梓童、淳于家的主兒不幸了、（老旦）怎麽說（王）公主先行數日、葬南柯卒於皇華公館、（老旦哭介）俺的兒呵、（悶倒宮娥扶醒介）（王）你且休為死傷生也、

夢鳳按曾篤臧改空請、臧曰空請下目連經卷也誰知道佛也無靈被鬼侵句佳

紅衲襖（老旦）俺幾度護嬌花一寸心、（王）俺則道他美前程一片錦、（老旦）止知他嬌多好眠鴛鴦枕、（王）也怪他病淺長依翡翠衾、（老旦）當日箇鳳將雛係巧笑禁、（王）今日呵、掌離珠我成氣喑、（老旦）天呵俺空請下了目連經卷也、誰知道佛也無靈被鬼侵、

前腔（王）梓童呵、俺則道他在鳳簫樓不掛心、（老旦）誰想他瑤臺城生害了恁、（王）又不是全無少女風先凜、（老旦）可甚的爲有姮娥月易沉、（王）還記的餞雙飛俺御酒斟、（老旦）誰想道灑歸旌把紅淚飲、（王）這是前生

夢鳳按柳浪館本作還朝獨深居本作議塚從臧本改作議葬

注定了今生也、則苦了他嫩女雛男、我也怕哭臨、（老旦）千歲、祇有這一女、凡喪葬禮儀、必須從厚、（王）聞得公主靈車先到、俺與梓童素服哭於郊外、將半副鑾駕迎喪於修儀宮裏、其諡贈一應禮節、著右相武成侯議之、

滿擬南柯共百年、誰知公主卽生天、
國家禮節都從厚、要得慈恩照九泉、

## 第三十六齣　議葬　奇

（遶地遊）（右相上）多人何用、一箇爲梁棟、（咳）道南柯乘

獨深居本云醒語

龍驂鳳甘載恩深一方權重恰好是到頭如夢節去云

蜂愁蝶不知曉庭還遶折殘枝自緣今日人心別未必花香一夜衰俺看洎于駙馬依倚至親久據南柯貪收人望俺爲國長慮請旨召回尊以左相之權防其遥制之害誰知事不可測公主喪亡國王國母郊迎其喪舉朝哭臨三日謚爲順義公主禮節有加昨奉旨議其葬地祇有龜山可葬欲待奏知聽的駙馬今日見朝在此伺候倘令旨著他面議葬地亦未可知道猶未了駙馬早到

【前腔】（生素服淨扮堂候執笏丑雜扮祇從執棍上）斷紘難弄早被秋風送生打散玉樓幺鳳（頓足泣介）（合）郡悲啼舉朝哀痛痛煞俺無門訴控（見右相介）（右）駙馬見朝且休啼哭（內響鼓生舞蹈拜介）前南柯郡太守今陞左丞相駙馬都尉臣淳于棼朝見（叩頭介）千歲千歲千千歲（末扮黃門官捧旨貼旦執符節上）（令）旨到來駙馬新失公主寡人不勝悲悼已著尚膳監設宴後宮其順義公主葬地可與右相武成侯朝門外酌議回奏（生叩頭介）千歲千歲千千歲（起介）（右相

藏曰淯于論風水似得江西傳授

請了、右駙馬請了、生久不到朝門之外了、昨日遠勞迎接、緣未朝見、故此謝遲、右不敢、生請問公主葬地、擇於何方、右龜山一穴甚佳、生龜山乃國家後門、何謂之吉、俺曾看見國東十里外蟠龍岡、氣脈甚好、何不請葬此地、右蟠龍岡是國家來脈、遲是龜山、生右相不知、點龜者恐傷其殼、右駙馬便龍岡好則枕能鼻者也、恐傷於唇、生便是龜山也、要靈龜顧子、子在何方、右便是龍岡也、要蟠龍戲珠、珠在那裏、生俺祇要子孫旺相、右駙馬子女俱有門蔭、何在龍山、生右

夢鳳按獨深居本蟻傷作蟻聚從之
夢鳳按柳浪館本原題馬號花誤茲從葉譜勘正

相怎說此話生男定要爲將相生女兼須配王侯少不的與國咸休此乃子孫萬年之計（右背笑介）好一箇萬年之計（回介）這也罷了祇是龍岡星峯太高怕有風蟻之患（生）右相於此道欠精了虎踞龍蟠不拘遠近大小蜂屯蟻聚但取圓淨低回何怕風蟻（右笑介）駙馬不怕蟻聚再向丹墀回奏（右奏介）臣右相武成侯段功謹奏

好必。。。。

【駐馬泣】（駐馬聽）問祖尋宗妙在龜山鼻穴中（末）龜山有何好處（右）他有蛾眉對案金誥生花羅帶臨風（末）龜

臧曰怎貪他不住游龜倒抛除活動真龍句佳

山可似龍山、（右）世人祗知龍虎峯上更生峯怎知道龜蛇洞裏方成洞、（泣顏回）肯教他玄武低藏不做了蟻（切）垤高封、（生奏介）駙馬臣棼謹奏、（前腔）那龜山呵、拭淚搥胸怎似蟠山氣鬱葱、蟠龍岡呵他有三千粉黛八百烟花、更那十二屏峯鳴環動佩應雌雄、鮮樓下殿交鸞鳳、怎貪他不住的游龜、倒抛除了活動的真龍、（末）令旨依駙馬所奏、著武成侯擇日備儀仗羽葆鼓吹、賜葬順義公主於蟠龍岡、則頭謝恩、（生謝恩介）千歲千歲千千歲、（起介）（右）恭喜了、

臧曰右相卽以周弁事告淳生最有節節

[illegible][illegible]按柳浪館本作朝房下有王親酒到今從臧晉叔本獨深居本改

愛者是真龍、蟠龍岡十二分貴地哩、駙馬可知周弁也疽背、而死其子護喪歸國了、生哭介傷哉故人、右呵、朝房下有列位老國公王親的酒到、

卜算子眾扮國公酒席上祇衿插金貂、日近天顏笑、日邊紅杏倚雲高、錦繡生成妙、見介駙馬拜揖、生列位老國公老王親拜揖、眾右相國拜揖、右不敢、眾駙馬遠歸、愚親們都在二十里之外迎接、今早到公主府上香、知駙馬謝恩出朝、故此相候、生多勞列位老國公老王親、我淳于棼有何德能、眾二十年間、每勞

夢鳳按獨深居本簇錦作籠錦

駙馬盛禮、時節難忘、今日拜相而回、某等權此公酒迎賀〔酒介〕

〔八聲甘州〕閑身未老、喜乘龍拜相、駙馬還朝、〔生〕玉人何處。腸斷暮雲秋草。〔衆〕駙馬公主同往南柯之時、老夫們都在榮餞〔生〕便是、南柯去時有鳳簫。北渚歸來無鵲橋。〔泣介〕〔合〕臨鸞照。怕何郎粉淚淹消。〔生歎介〕

〔前腔〕有誰看著紅錦袍、歎淒然、繫玉瘦損圍腰、〔衆〕俺朝班戚畹、還讓你人才一表。香風簇錦雲漢高。夜月穿花宮漏遙。〔合前〕〔衆〕駙馬、今有請書、敢知一來恭賀

總評湻于湻于有人妬矣祇恐蟻窟中做出事來奈何奈何

臧曰此非本傳然不如是

駙馬拜相之喜、二來解悶、三來洗塵、老夫忝爲國公之長、先請駙馬少敘、其餘國戚王親、以次輪請、便請右相國相陪、（生）老國公王親可也、多著、（眾）駙馬天人也、人所尊敬、願無棄嫌、（生）領命了、權重股肱相恩光、肺腑親、滿朝相造請、何日不醺醺、（下）（右相弔場）看駙馬相待各位老國公王親、氣勢盛矣、（歎介）且自由他、冷眼覷螃蟹橫行到幾時、（下）

## 第三十七齣　粲誘

憶秦娥前（貼引旦扮侍女上）宮眉樣、秋山淡翠閑凝

不足以干天象致譴謫且前孝感寺東華館諧謔皆無味矣



望閑凝望秦樓夢斷鳳笙羅帳（唐多令）何處合成愁人兒心上秋大槐宮葉雨初收唱道晚涼天氣好問誰上小瓊樓自家郡主瓊英是也妹子瑤芳嫁與淳于駙馬出守南柯入爲丞相當朝無比不料妹子過世舉國哀傷勅葬龍山威儀甚盛昨日駙馬還朝俺王素重南柯之威名加以中宮之寵信出入無間權勢非常滿國中王親國戚那一家不攀附他朝歌暮筵春花秋月則俺和仙姑國嫂三家寡婦出了公禮不曾私請得他想起駙馬一表人才十分雄勢俺好

不愛他、好不重他、

金落索〔金梧桐〕當初呵、娟娟姊妹行、出聽西明講繡佛堂前、惹下姻緣、相秋波選俊郎、〔東甌令〕配瑤芳、十五盈盈天一方、瑤臺、貴壻、真無兩、〔鍼綫箱〕恰好、翠袖、風流、少一雙、〔解三醒〕非吾想、〔懶畫眉〕儘其間有便得相當、〔黃鶯兒〕逗逗他忘懷、醉鄉、傷心洞房、〔皂羅袍〕取情兒我再把這宮花放、昨日約了靈芝夫人、上真子、早晚公主處上香回來、過此必有講談也、

憶秦娥後〔老旦同小旦道裝上〕彩雲淡蕩臨風泱、世

間好物琉璃相琉璃相、玉人何處粉郎無恙、（見介瓊）英姐閑坐悶愁、怎的不去公主府燒香耍子、好少的人兒也、（貼）怎生行禮、（老旦）俺國中王子王孫一起、侯伯王親一起、文武官員一起、舉監生員一起、僧道一起、父老兒男過了一起、然後命婦逐班而進、又是軍民妻女過了、本國是他南柯進香、依樣文武吏民分班而哭、過了南柯、方纔各路各府差人以次而進、便是檀蘿國也差官來進、紫檀香一千二百斤、看他銀山帛海、好不富貴也、

臧曰不謂老旦小旦亦有此想

獨深居本云爛熟今日人情世故

【金落索】（金梧桐）朱絲碧瑣窗、生帛連心帳、八尺金鑪日夜燒檀降、是人來進香、（東甌令）似同昌公主哀榮不可當、敲殘玉磬歸天響、（針綫箱）擺下鸞旌拂地長、（解三醒）倫凝望、（懶畫眉）可憐辜負好滔郎、（黄鶯兒）據著他爲人兒紀綱、言詞兒棟梁、（皂羅袍）堪他永遠爲丞相。（老旦）不論他爲人、則二十年中、我們王親貴族、那一家不生受他問安賀生慶節之禮、如今須得逐家還禮纔是。

【劉潑帽】南柯太守多情況、感年年禮節風光、（小旦）如今又做了頭廳相、（貼）須與他解悶澆惆悵、（老旦笑介）

總評這些螻蟻箇箇春心動了滔郎滔郎那裏做得許多花瓣

瓊英姐、你要與他解悶、你我三人、都是寡居、到要駙馬來做、箇、解、悶、兒、哩、（小旦）我是道情人哩、

〔前腔〕拚今生不看見男兒相、怕黏連到惹動情腸、（老旦）與到了也不由的你、（合）儘三杯醉後能疏放、把主人見愛難謙讓。（老旦）講定了、向後請駙馬三人輪流取樂、不許偏背、

駙馬兼爲相、新來主喪亡、
既然連國戚、相愛不相妨、

第三十八齣　生恣

獨深居本云
悠揚嗚咽

嬾畫眉〔生引淨扮堂候丑雜執棍行上〕則爲紫鸞烟駕不同朝便有萬片宮花總寂寥可憐他金鈿秋盡雁書遥看朝衣淚點風前落抵多少腸斷東風爲玉簫〔衆稟老爺到府了〕〔生歎介〕我連下馬都忘記了〔集唐〕這來道疏槐出老根金屋無人見淚痕戚里舊知何駙馬清晨猶爲到西園俺淳于生自公主亡後孤悶悠悠所喜君王國母寵愛轉深入殿穿宮言無不聽以此權門貴戚無不趨迎衆以忘憂夜而繼日今日晚朝看見宮娥命婦齊整喧嘩則不見俺的公主

妻也、、(末)報報報有女官到、(生)快請、

不是路 (旦扮女官持書上) 蓮步輕蹺、翠插烏紗雙步搖 (見介)(生)因何報、多應娘娘懿旨下鸞霄 (旦)不是洗塵勞瓊英郡主 (稱)皇姑嫂、良夜裏開筵把駙馬邀 (生喜介) 承尊召、等閑外客難輕造、卽忙來到、卽忙來到 (旦)這等、青禽傳報去、駙馬一鞭來 (下)(內響道介)(生)許時不見女人、使人形神枯槁、今夜女主同筵可以一醉也、正是遇飲酒時須飲酒、不風流處也風流 (下)

鵲橋仙 (貼引女官上) 儼儼韆損、無人偎傍、有客今宵

滅曰清夜紅顏索向此滔于客辭留髡家法也

蕭況、老旦小旦上幾年不見俊兒郎、叨陪侍玉樓歡唱、見介老旦日暮風吹葉落依枝。丹心寸意愁君未知。小旦今夜瓊英姐作主與滔郎洗塵解悶俺二人叨陪客還未到、閒商量一會聞的滔郎雅量三人之量誰可對付、貼靈芝嫂有量、老旦三人同灌醉了他耍子便了、丑上駙馬到、

前腔生引淨扮堂候丑雜執棍上金鞭馬上玉樓鶯裏一片綵雲凝望、笑介聊把舊恨展新眉清夜紅顏索向、拜介西江月生自別瓊英貴主年年想像風姿、

（貼）勞承駙馬費心、期今夜一杯塵洗、（老旦）每恨渲郎新寡、（小旦）可憐公主差池、（生）原來是上真仙子和靈芝之合、且喜一家無二、（生）小生回朝、已蒙諸王親公禮相請、何勞專設此筵、（貼）駙馬不知、此筵有三意、一來洗遠歸之塵、二來賀拜相之喜、三來解孤悽之悶、前幾日爲衆王親國公占了貴客、俺三人商量、上真姑是道情人、靈芝夫人與妾雙寡、更無以交之人可以爲主、祇得俺三人落後、輪班置酒相敬、今日妾身爲主、俺二人相陪、（生）小生領愛了、（作卸袍換晉巾補

藏曰此散套見江山有許多形勝格而唱者俱與原調不合余目為楊花腔者也

子便衣介淨丑雜隨下介貼內侍們看酒、內使女官持酒上、馹馬多年騎五馬客星今夜對三星酒到、貼老旦小旦把酒介

解三酲犯（解三酲）二十年有萬千情況今日的重見滄郎、和你會真樓下同歡賞、依親故為卿相姊妹行家打做這一行雖不是無端美豔妝休嫌讓、（入聲 甘州）捧金杯笑眼斟量（生把酒介）

前腔則為那漢宮春那人生打當、似咱這逍逗多嬌粉面郎、用盡心兒想用盡心兒想瞑然沈醉倚紗窗、

夢鳳按柳浪館本原題作前腔大謬葉譜作鵝鴨滿渡船查少三句而第三第四兩句亦欠妥協茲勘訂為鴨香三枝船

閒打忙小宮鴉、把咯叫的情悒怏、羞帶酒嬾添香則這恨天長、來暫醉佳人錦瑟旁、無承望酒盞兒擎着仔細端詳、

鴨香三枝船（鸂鶒滿渡船）貼老旦小旦則道上秦樓多受享、則道上秦樓多受享、（桂枝香）恰咯風吹斷鳳管聲殘、怎得玉人無恙、（解三醒）今何世、此消詳、（玉嬌枝）這是翠擁紅遮錦繡鄉、（生背介）（鸂鶒滿渡船）盼豔嬌燈下恍、則見笑歌成陣、來來往往、顛倒為甚不那色眼荒唐、（貼）月上了、駙馬寬懷進酒、（貼老旦小旦奉酒介）

夢鳳按柳浪館本題作䜌兒犯誤

夢鳳按柳浪館本題作前腔大謬今從葉譜訂正

赤馬兒半盞瓊漿、貼自加懷巨量、貼背介聽他獨自温存話兒挨挨好不情長、回介芳心一點做了八眉相向又早欄杆月上、合畫堂中幾般清明畫堂中幾般清明、小旦奉酒介雙赤子幽情細講、對面何妨、演煞宮娥侍長舊家姊妹儼成行舊家姊妹儼成行就月籠燈衫袖張、合前

貼再奉酒介

前腔風搖翠幌月轉迴廊、露滴宮槐葉響、好秋光風景不尋常、好秋光風景不尋常人帶幽姿花暗香、合

夢鳳按柳浪館本原題鵝鴨滿渡船與臧晉叔獨深居本同獨深並云不知宮調舊譜有二體此亦不合

前生回奉酒介

前腔把金釵夜訪、玉枕生涼、辜負年深興廣、三星照戶顯殘妝、三星照戶顯殘妝、好不留人、今夜長、合前

生睡介醉矣、貼早已安排紗廚枕帳了、生難道主人、不陪、老旦怕沒這樣規矩、小旦駙馬見愛、一同陪伴

罷了、貼笑介這等我三人魚貫而入、

拘芝麻、眾怕爭蠢夫體勢忙、敬色心情、囊蝶戲香魚穿

浪、逗的人多餉、則見香肌褪、望夫石都襯迭牀兒上、沒一意一眼

以後盡情隨歡暢、今宵試做團圞相、

又云一本無隨字今從葉譜改正
臧曰結句佳然亦楊花體也
總評一蟻甫死三蟻後生濟郎滄郎幾時得出此蟻窟也

尾聲（生）滿牀嬌不下得梅紅帳看姊妹花開向月光

（合）俺四人呵做一箇嘴兒休要講

亂惹春嬌醉欲癡　三花一笑喜何其

人人久旱逢甘雨　夜夜他鄉遇故知

## 第三十九齣　象譜（奇）

菊花新（右相上）玉階秋影曙光遲露冷青槐蔭御扉低首整朝衣咽不斷銅龍漏水我右相段功同心共政與我王立下這大槐安國土正好規模不料俺王招請揚州酒漢淳于棼爲駙馬久任南柯威名頗盛

獨深居本云幻絶

獨深居本云從來災異不應者未必不應之螻蟻諸

下官每有樹大根搖之慮且喜公主亡化欽取回朝卻又尊居左相位在吾上國母以愛婿之故時時召入宮闈但有請求無不如意這也不在話下兼以南柯豐富二十年間但是王親貴戚無不賂遺因此昨日回朝之後勢要勳戚都與交歡其勢如炎其門如市勳戚到也罷了還有那瓊英郡主靈芝夫人連那上真仙姑都輪流設宴男女混淆晝夜無度果然感動上天客星犯於牛女虛危之次待要奏知此事又恐疏不間親打聽的昨日國中有人上書儻然吾王

國此宋人所不敢言也然實千古至論不意於傳奇中得之

臧曰甚槐安感動白榆星氣句佳

問及、不免相機而言、老天、非是俺段功妬心、此乃社稷之憂也、吾王駕來朝班伺候、

（前腔）（淨丑扮內臣傳呼擁王上）根、盤、國、土、勢崔嵬、朝罷千官滿路歸、一事俺心疑、甚槐安感動的白榆星氣、（右相參介）右相武成侯段功叩頭、千歲千歲、（王）右相平身、卿可問的國中有人上書否、（右）不知、（王）書上說的凶、他說玄象謫見、國有大恐、都邑遷徙、宗廟崩壞、他說玄象是何星象也、（右）正要奏知、有太史令奏客星犯於牛女虛危之次、（王）那書中後面、又說釁起

臧曰豪門二句已有埋伏

他族事在蕭牆、奸、令俺疑惑、(右)是、這國中別無他族了、便是他族、亦不近於蕭牆、大王試思之、(王)別無人了、則湻于駙馬、非我族類。。。(右)臣不敢言、(王)將有國家大變、右相豈得無言、(右)啟奏俺王、

瑣窗郎(瑣窗寒)客星占牛女虛危、正值乘槎客子歸、虛危主都邑宗廟之事、牛女值公主駙馬之星、近來駙馬貴盛無比、他雄藩久鎮、把中朝餽遺豪門貴黨日夜遊戲、(王)一至於此、(右)還有不可言之處、把皇親閨門無忌、(賀新郎)合感天知、蕭牆釁起再有誰、(淚介)可憐

故國遷移、〔王惱介〕涫于棼自罷郡還朝、出入無度、賓從交遊、威福日盛、寡人意已疑憚之、今如右相所言、亂法如此、可惡可惡、

〔前腔〕他平常僭侈堪疑、不道他宣淫任所爲、怪的穿朝度闕、出入無時、中宮寵婿、所言如意、把威福移山轉勢、罷了、罷了、罷了、非俺族類。其心必異。〔淚介〕〔合前〕〔右跪介〕臣謹奏、語云、當斷不斷、反受其亂、駙馬事已至此、千歲作何處分、〔王〕聽旨、

〔意不盡〕且奪了涫于親侍衛、禁隨朝、秪許他居私第、

夢鳳按原題奈子樂誤今勘正

總評福兮禍依禍兮福伏渞于今番方得出此蟻矣

臧曰詩佳

獨深居本云感慨

右依臣愚意遣他還鄉爲是王不消再說少不的喚醒他癡迷還故里王下右歎介可矣可矣雖則渞于禁錮奈國土有危正是

上天如圓蓋　下地似棋局

渞于夢中人　安知榮與辱

## 第四十齣　疑懼

生素服愁容上太行之路能摧車若比君心是坦途黃河之水能覆舟若比君心是安流君不見大槐渞于尚主時連柯並蔕作門楣珊瑚葉上鴛鴦鳥鳳凰

夢鳳按：獨深居本作國家貴婿，汲古、竹林各本均作國王

窠裏鵷雛兒葉碎柯殘坐消歇。寶鏡無光履聲絕。千歲紅顏何足論。一朝負譴辭丹闕。自家淳于棼、久爲國王貴婿、近因公主銷亡、辭郡而歸、同朝甚喜、不知半月之內、忽動天威、禁俺私室之中、絕其朝請、天呵、公主生天幾日、俺淳于入地無門、若止如此、已自憂能傷人、再有其他、咳、真箇生爲寄客、天呵、淳于棼有何罪過也、

〔勝如花〕無明事、可奈何、恰是今朝結果、不許俺侍從隨朝、又禁俺交遊宴賀、祇教俺私家裏住、坐這其中

獨深居本云多話

臧曰樹猶如此人何以堪用得恰好

夢鳳按獨深居本娘下無的字

紛然事多、這其間知他爲何、有甚差訛、一句分明道破、就裏好教人無、那莫非他疑俺在南柯、也並不曾壞了他的南柯、不要說人、便是這老槐樹枝生意已盡、樹猶如此、人何以堪、今日要再到南柯不可得矣、罷了、罷了、罷了、向公主靈位前俺打覺一會、公主呵、

【金蕉葉】末扮公子泣上 家那國那、兩下裏淚珠彈破、見生哭倒介 原來俺爹爹在此打磨陀、冷清清獨對著俺親娘的靈座、生泣介 我兒起來、起來、長思相有來由、沒來由、不許隨朝、不許遊、要禁人白頭、末 好

干休、惡干休、偷向椿庭暗淚流、亡萱相對愁、【生】兒前日父子朝見國王、悲喜不勝、半月之間便成此釁郤、是因何、【末】天大是非、爹爹還不知、【生】你兄弟俱在宮中、俺親朋禁止來往、教俺何處打聽、【末】爹呵這等細細聽兒報來、

夢鳳按獨深居本報來作報稟

【三換頭】無根禍芽、半天抛下、客星一夜、犯虛危漢槎、【生】國主何從得知、【末】有國人上書說玄象讁見國有大恐、都邑遷徙、宗廟崩壞、【生】這等凶郤何干俺事、【末】他書後明說著釁生他族、變起蕭牆、【生】是那一箇國

是父是子
獨深居本云
呆得妙

人這等膽大便是他族何知是俺末右相段功就中讒譖了說處危者宗廟也客星犯牛女者宮闈事也生牛女祇俺和你母親就是了末泣介他全不指著母親生再有誰末說瓊芝新寡三杯後有甚麼風流話靶生呀段君何讒人至此末國主甚惱說駙馬弄權結黨不可容矣生國母怎生勸解末說到蕭牆話中宮怎勸他生見不怨國人不怨右相則怨天天你好好的要見那客星怎的末那星宿冤家著甚胡纏害我的爹

夢鳳按總來獨深居本作總然汲古竹林各本作總來



【前腔】（生）流言亂加、君王明察、親兒駙馬、偏然客星是他、總來被你母親看著了、他病危之時、叫俺回朝謹慎、怕人情不同了、今日果中其言。（泣介）你娘親曾話、到如今少不得埋怨自家、瘦盡風流樣、腰圍帶眼差、

頂○門○鍼○

（末）爹、爹風流二字再也休題○○○（合）說甚繁華、泣向金枝恨落花、

【入賺】（紫衣官上）走馬東華、來到涓于駙馬家、（生）堪驚詫、他陡從官裏來、寒舍有何宣達、（紫）令旨隨朝下、時來宣召咱、（生對末慌介）猛然心裏動、（末）敢有甚吉凶話、

總評卽落場一詩亦頑皮極矣臨川臨川何旁若無人乃爾雖然實實無人也怪不得你

（紫）俺看見天顏喜洽、多則是中宮記掛、這幾日不曾行踏（生）急切裏難求卦、是中宮可的無他、（紫）驚心怎麽你須是當今駙馬、（生）紫衣官這是右相呵他弄威權要把江山霸、甚醉漢滔郎獨當了星變考察、（末）爹爹、爹且暫時瘖啞恁般時有的傷他、（紫）辭介你斟量回答、俺紫衣人先去也、（生）見此去如何、（末）或是好意亦未可知、（響道介）

夫子常獨立　鯉趨而過庭

一聞君命召　不俟駕而行

## 第四十一齣 遣生

金雞叫【王引淨丑扮內使上】王氣餘霄漢、傷心玄象、
為誰淩亂、【老旦扮國母引貼搽旦扮宮女上】非關女
死郎情斷、【歎介】意外包彈、就中離間、【見介】【老旦】大王
千歲、【王】梓童免禮、【鷓鴣天】千歲、默坐長秋心暗焦、這
些時、宮闈不見粉郎朝、【王笑介】你不知他憑你貴勢
干天象、俺處置他空房入地牢、【老旦泣介】原來這
等了、天呵、則說他能瀟散、美遊遨、怎知他於家為國
苦無聊、【王惱介】笑你區區兒女尋常事、敗壞王基悔

玉茗堂南柯記　卷下

六十九

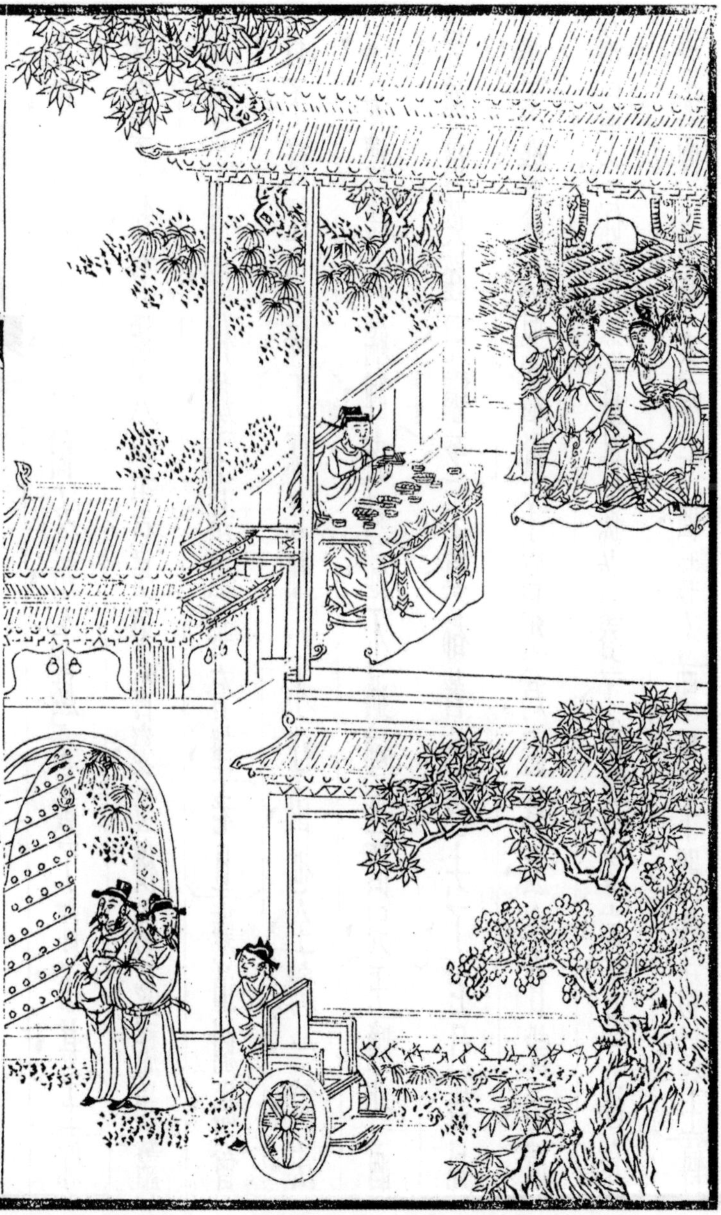

怎消、老旦千歲一箇女婿怎麼會敗了你王基、王你深宮不知有國人上書星象告變社稷崩移禍起蕭牆釁生他族他族不是他再有誰、老旦難道駙馬會占了你江山麼、王你怎知小小江山也全(正氣)虧一箇法字他壞法多端哩、老旦他不過嗔些酒兒王嗔些酒兒連瓊英姪兒靈芝上真都著他嗔去了、老旦誰見來、王惱介你要他亂了宮纔爲證見麼今日設酒遣他回去你把那些外孫收養了不許多言老旦泣介老天呵不看女兒一面、報介駙馬午門外朝見王傳

臧曰國母看生哭有做法

旨著他進來內擂鼓介

逍遙樂生朝衣上欸曲趨朝重見宮庭盈盈淚眼歎介

盼朱衣祇在殿中間恨遠芳容驚承嚴譴暗侍慈顏

塞白

一日不朝其間容刀我戰兢兢行到宮門之內禮當

俯伏吞聲見介罪臣駙馬都尉左丞相淳于棼叩頭

俺王國母千歲千千歲內使請駙馬平身上殿生應

千歲起躬介王寡人偶以煩言因而簡禮蔬之蔬之

老旦看生哭介呀駙馬何瘦之甚也生躬介是臣蒙

天譴幽臣私室自思以公主之助守郡多年曾無敗

政、流言、怨悖委實傷心、王已設有酒、爲卿排悶、末持酒上、冷落、杯中、蟻。孤棲、鏡裏、鸞。酒到、王今日之酒、親把一杯、

皁羅袍堪歎吾家貴坦、記關南餞別、對影鳴鑾、生跪飲酒介王再斟酒、生跪飲介老旦內侍連斟駙馬數杯、止因淑女便摧殘、看承君子多疏慢、生叩頭起介臣飲過三爵、心愁萬端、客星何處、天恩見寬、合風光頃刻堪腸斷、生背介怎說到風光頃刻堪腸斷、王駙馬沉吟、知吾意、平幸、託姻親、二十餘年、不幸小女天

夢鳳按獨深居本數杯作數行

臧曰風光頃刻句佳

臧曰此乃臣之家矣等句與前議葬折萬年之計相應

化、不得與君偕老。良用痛傷、〔生〕公主仙逝、有臣在此、可以少奉寒温、〔王〕這不消說了、則是卿離家多時。亦須暫歸本里一見親族。〔生〕此乃臣之家矣、更歸何處。〔王笑介〕卿本人間、家非在此。〔生作昏立不語介〕〔老旦〕淳郎忽若昏睡、憒然矣。〔生作醒介〕呀、是了、俺家在人間、因何在此、〔放聲大哭介〕哎喲、臣忽思家、寸心如割、不能久侍大王國母矣、〔王〕叫紫衣官送淳郎起程、〔生〕外孫三四、俱在宮中、還請一見。〔王〕諸孫留此中宮、自能撫育、無以爲念、〔生哭介〕這等苦殺俺也、〔老旦〕不用

總評淳郎淳郎今日纔得出此蟻穴好歡喜也

苦傷但要淳郎留意便有相見之期（伏下）（生拜介）拜辭了

【前腔】忽憶鄉園在眼向迷中發悟有淚闌珊（王）因風好去到人間三杯酒盡笙歌散（老旦泣介）駙馬你真箇去也呵歸心頓起攀留大難幾年恩愛你將如等閑（合前）

【意不盡】（生）向樽前流涕錦衣還二十載恩光無限（王）老旦淳郎淳郎則怕俺宗廟崩移你長在眼

（王）酒盡難留客　（老旦）葉落自歸山

（生）惟餘離別淚　相送到人間

獨深居本云此齣夢覺相錯頭緒甚多串插綿密無懈可擊能穿一屋散錢者

# 第四十二齣　尋寤

末外扮二紫衣官引旦推挽禿牛單車上　事不三思、終有後悔、我大槐安國王生下公主、當初祇在本國中招選駙馬、便了、卻去人間請了箇淳于棼來、倚主出守南柯大郡、富貴二十餘年、公主薨逝、拜相還朝、專權亂政、謫見於天、國主憂疑、著我二人仍以牛車一乘、送他回去、笑介　淳于棼淳于棼好不顧氣也、正是王門一閉深如海、從此蕭郎是路人、生綠幘朝衣上　忽悟家何在、潸然淚滿衣、舊恩拋未得、腸斷故鄉

歸、我滔于棼暫爾思家、恩還晝錦、思妻戀闕、能不依依、泣介見紫介生請了、便是二十年前、迎取我的紫衣官麼、紫嬾應介生想車馬都在宮門之外了、紫著、生行介

繡帶兒纔提醒。趁著這綠暗紅稀出鳳城、出了朝門、心中猛然自驚。我左右之人、都在那裏、前面一輛禿牛單車、豈是我乘坐的、咳、怎親隨一箇都無、又怎生有這陋劣車乘。難明。想起來、我去後、可能再到這朝門之下、向宮庭回首無限情、公主妻呵、忍不住宮袍

獨深居本云山歌正是點醒夢漢

淚迸、看來我今日乘坐的車兒便祇是這等了、待我再遲回幾步、呀便是這座金字城樓了、怎軍民人等、見我都不站起、咳、還鄉定出了這一座大城、宛是我昔年東來之徑、少不得更衣上車而行了、（更衣介）長相思著朝衣、解朝衣、故衣、猶在、御香微、回頭宮殿低、意遲遲、步遲遲、腸斷恩私雙淚垂、（歎介）回朝知幾時、（紫上車快走、紫隨意行走做不畏生打歌介）一箇呆、呆子呆又呆、大窩弄裏去不去、小窩弄裏來不來、你道呆不呆、子也呆、（鞭牛走介）畜生不走、（生）便緩行些麼、

獨深居本云做官不過是好夢耳還要使勢怪人炎涼癡甚但炎涼人亦在夢中不覺如何如何

臧曰遣淯生歸與前迎時大異此段情節描寫亦盡

臧曰繡帶兒二曲宜春令

前腔【換頭】消停看山川依然舊景爭些兒舊日人情【紫急鞭牛走介】【生惱介】看這使者甚無威勢、真可爲快快如也、【紫鞭牛走介】【生】紫衣官、我且問你廣陵郡何時可到、【紫不應笑歌走介】【生惱介】咳、我好問他、他則不應、難道我再沒有回朝之日了、便不然謝恩本也寫上得幾句哩。【紫笑介】【生】他那裏死氣淘聲怎知我心急搖旌銷凝、也則索小心再問他、紫衣官廣陵郡幾時可到、【紫】雲霎時到了、【鞭牛走介】【生望介】呀、像是廣陵城了、渺茫中遥望見江外影這穴道也是我前來

四曲皆生一人供唱猶喜中多介白稍節力耳曲與譜俱不惡



路徑、又走介呀便是我家門巷了、泣介還僥倖依然戶庭淚傷心怎這般呵夕陽人靜、紫到門了、下車、生下車入門介紫升階、生升階介望見榻作驚介不要近前、我怕也、紫高叫介淳于棼、叫三次、生不應、紫推生就榻生仍前作睡紫掐生背介紫槐國人何在、淳郎快醒來、我們去也、急下、生驚介醒做聲介使者、使者、山鷓持酒上甚麼使者、則我山鷓、溜沙上淳于兄醒了、我二人正洗上腳來、生日色到那裏、山日西哩、生窗兒下甚麼子、溜餘酒、尚溫、生呀、斜陽未隱於西垣餘樽尙湛於東牖我夢中倏忽如度一世矣沙溜做甚夢來生作想介取杯熱茶來山取茶上介生再用茶待我醒一醒山又取茶上介生飲介呀溜兒沙兒好不富貴的所在也我的公主妻呵山甚麽公主妻你不做了駙馬生是做了駙馬溜那一朝裏駙馬生這話長扶我起來講溜沙扶起生介你們都不曾見那使者穿紫的沙我三人並不曾見生奇怪奇怪聽我講來

宜春令堂東廡睡正清有幾箇紫衣人軒車叩迎你

臧曰山鷓院主溜沙令丈岳母等白俱不惡

說從那裏去槐根窟裏有箇大槐安國主女娉婷那公主小名我還記的喚做瑤芳招我為駙馬曾侍獵於國西靈龜山山後來怎的生這國之南有箇南柯郡槐安國主把我做了二十年南柯太守溜沙享用哩後來呢生公主養了二男二女不料為檀蘿小賊驚恐一病而亡歸葬於國東蟠龍崗上山哭介吹也可憐可憐我的院主生獵龜山他為防備守檀蘿葬龍岡我悽惶煞了鸞鏡沙後來呢生自公主亡化雖則回朝拜相人情不同了勢難行我情愿乞還鄉境

賊曰乞還鄉境涫生猶未能忘情槐安耶

那國王國母見我思歸無奈許我暫回適纔送我的使者二人他都是紫衣一品山呀不曾待(趂)的他茶哩生二兄你道這是怎的溜不知呢沙我也不知生怎生槐穴裏去沙溜敢是老槐成精了

前腔花狐媚木客精山魈兒備鍬鋤看槐根影形山取鍬上介東人東人你常在這大槐樹下醉了睡著手了生也說得是且同你瞧去行瞧介溜這槐樹下不是箇大窟窿掘介有蟻有蟻尋原洞穴怎甋見樹皮中有蟻穿成路徑溜向高頭鍬了去眾驚介呀你

獨深居本云
受一作侵

看穴之兩傍、廣可一丈、這穴中也一丈有餘、洞然明
朗、（沙）原來樹根之上、堆積土壤、但是一層城郭、便起
一層樓臺、奇哉奇哉、（山鷹介）呀、也有蟻兒數斛、隱聚
其中、怕人怕人、（生）不要驚他、嵌空中樓郭層城、怎中
央有絳臺深迥、（沙）這臺子土色是紅些、（覷介）單這兩
箇大蟻兒並著在此、你看他素翼紅冠、長可三寸、有
數十大蟻、左右輔從、餘蟻不敢相近、（生歎介）想是槐
安國王宮殿了、（溜）這兩箇蟻蚪便是令岳丈岳母哩〔妙〕
（生泣介）好關情也、受盡了、兩人恭敬、（溜）再南上掘去、

今世上生祠死不如是如是

呀你看南枝之上可寬四丈有餘也像土城一般上面也有小樓子羣蟻穴處其中呀見了淳于兄來都一箇箇有舉頭相向的又有點頭俯伏的得非所云南柯郡平沙是貴治了

【前腔】南枝偃好路平小重樓多則是南柯郡城生像是了（歎介）我在此二十年太守好不費心誰道則是些螻蟻百姓便是他們部下有七千二百條德政碑生祠記通不見了祇這長亭路一道沙隄還在有何德政也虧他二十載赤子們相支應（山西頭掘將去

今世上文章无不如是如是

臧曰完田子華獻龜山大獵頌公案

今世上妻孥无不如是如是

〔沙〕呀西去二丈一穴外高中空看是何物〔覷介〕原來是敗龜板其大如斗積雨之後蔓草叢生既在槐西得非所獵靈龜山乎〔生〕是了是了可惜田秀才一篇龜山大獵賦好文章埋沒龜亭空殼落做他形勝〔沙〕掘向東去丈餘又有一穴古根盤曲似龍形莫不是你葬金枝蟠龍岡影〔生細看哭介〕是了你看中有蟻塚尺餘是吾妻也我的公主呵

〔前腔〕人如見淚似傾叫芳卿恨不同棺共塋爲國王臨軿受淒涼叫不的你芳名應二兒我當初葬公主

今世上風水无不如是如是

時、為些小兒女與右相段君爭辯風水、他說此中怕
有風蟻、我便說縱然蟻聚何妨、如今看來蟻子、到是、
有的、了、爭風水有甚蟠龍、公主曾說來他說為我把
螻蟻、前驅、真正內風起介山好大風雨來了、這一科
蟻子、都壞了他罷、生慌介莫傷情、再為他繞門兒把
宮槐遮定、蓋介山蓋好了、躲雨去、眾不自逃龍雨因
誰為蟻封。下內叫介雨住了山上笑介好笑好笑、孩
兒天、快雨快晴、瞧介哎呀、相公快來、生沙溜急上山
你看這些蟻穴、都不知那裏去了、眾驚介真箇靈聖

今世上江山无不如是如是

臧曰完象譴折國人上書公案

哩、【生】也、是前定了他國中先有星變、流言國有大恐、
都邑遷徙、此其驗乎、
【太師引】一星星有的多靈聖、也是他不合招邀我客
星、【沙】可知道滄海桑田、也則爲漏洩了春光武陵、【生】
步影尋蹤、皆如所夢、還有檀蘿塹江、一事可疑、【山】想
【介】有了、有了、宅東長塹古溪之上、有紫檀一株、藤蘿
纏擁、不見天日、我長在那裏歇晝、見有大羣赤蟻往
來、想是此物、【生】著了、此所謂全蘿道、赤剎軍也、但些
小精靈能厮挺、險氣煞周郎殘命、【溜】那箇、周、郎、【生】是

藏曰此結周弁田子華案

周弁爲將丶他和田子華都在南柯哩〔山〕有這等事丶〔生〕連老老爺都討得他平安書來約丁丑年和我相見丶〔溜〕今年太歲丁丑了丶〔生〕這是怎的可疑可疑丶胡厮踁丶剎亡人住程丶怕不是我身廂有甚麼纒魂不定〔沙〕亡人的事丶要問丶箇丶明丶眼丶（就）禪丶（搭）師丶（去）〔山〕有丶有丶有剛纔一箇和尚在門首躲雨丶〔生〕快請來丶〔山出請介〕

〔前腔〕〔小生扮僧上〕行脚僧誰見請丶〔見介〕原來是淳于君有何事情丶〔生〕師兄從何而來丶〔僧〕我從六合縣來丶〔生〕正要相問丶六合縣有箇文士田子華武舉周弁二人丶

可會他、〔僧〕是有此二人、平生至交、同日無病而死、〔生〕驚介這等一發詫異了、〔僧〕這中庭槐樹、掘倒因何、〔生〕小生正待請教、這槐穴中有蟻數斛、小生晝卧東廊、祇見此中有紫衣人、相請小生、去爲國王眷屬、一混二十餘年、醒來一夢、中間有他周田二人在內、今聞師兄言說、知是他死後遊魂、這也罷了、卻又得先府君一書、約今丁丑年相見、小子十分憂疑、敢有甚嫌三怕九恰今年遇丑逢丁、〔僧〕這等恰好、契玄大師擇日廣做水陸道場、你何不寫下一疏、敬向無遮會上、

滅日完得父書公案

總評滈于生的是君子於螻蟻尚有情不比今人視妻孥爲路人也

門此情緣老。師父呵破空虛照映一切影把公案及期參證〔生揖介〕承師命似玉蘭聽經又感動我竹枝殘興〔僧〕這功德不比玉蘭小會要清齋閉關七七四十九日一日一夜念佛三萬六千聲到期燃指爲香寫成一疏七日七夜哀禱佛前纔有些兒影響〔生〕領教則未審禪師能將大槐安國土眷屬普度生天〔僧〕使得

【尾聲】〔生〕儘吾生有盡供無盡但普度的無情似有情我待把剖不斷的無明向契玄禪師位下請

獨深居本云情轉二字雅

空色色非空、　遣誰天眼通、
移將竹林寺、　度卻大槐宮、

## 第四十三齣　轉情

【浪淘沙】（外扮僧持旛上）頂禮大南無、擊鼓吹螺、天歌梵放了緊那羅、晝夜燈旛、長續命、照滿娑婆、

【前腔】（老旦扮僧持磬上）人在欲天多、怕煞閻羅、新生天裏有愁麼、次第風輪都壞卻、甚麼娑婆、

【前腔】（生捧香爐上）弟子有絲蘿、曾由守南柯、光音天裏事如何、但是有情那盡得、年少也娑婆、（生放香爐

禮佛介合掌向衆介弟子稽首、衆一切衆生頂禮如來威光憑仗禪師法力有精心的檀越戒行的沙彌、唄讚者百千萬人海潮音如雷震沸拜祈者四十九日河沙淚似雨滂沱果然無礙無遮必當有誠有感、祇待法師慧劍遙指務令衆生以次生天生稽首介凡諸有情普同慈願

【北仙呂】【點絳唇】淨扮契玄老僧威容上奏發科宣諸天燦爛琉璃殿夢境因緣佛境裏參承偏生向淨稽首介弟子淳于棼稽首衆稽首介契老僧修行到九十

一歲纔做下這壇水陸無邊道塲也虧了先生們虔心齋了七七四十九日拜了這七日七夜這幾夜河路廣破暗之燈焰口飽清涼之食虔求懇至誓願弘通今夜道塲告終先生可有甚疏請替你鋪宣（生）小生第一要看見父親生天。第二要見瑤芳妻子生天。第三願儘槐安一國普度生天。（契）好大願心你可便燃指爲香替你鋪陳情疏儻有奇驗以報虔誠（衆）發擂吹（介）（生）膜拜三拜（介）

【混江龍】（契）這淮南卑賤淳于棼撲地禮諸天（生）燒指

介〕〔契〕則他恨不的皮刳燭點、則這些指頂香燃、爲他久亡過的老椿堂葬朔邊、和他新眷屬大槐宮變了桑田他老親呵魚雁信暗寄與九重泉、他眷屬呵一螻蟻情顯豁在三摩殿、仗佛力如來立地、和他度情緣一衆生天、祈請已過待我楊枝灑水布散香花、〔契衆楊枝灑水介〕〔油葫蘆〕我待手灑楊枝有千百轉、洗塵心把甘露顯、〔散花介〕香風臺殿雨花天、人天玉女持花獻、花光水色如空旋、仗如來水月觀、把世界花開現、水珠兒撒

夢鳳按獨深居本親下屬下有呵字汲古竹林與葉譜皆無呵字今照獨深居本增

地蟲兒嚥紇哩子吐紅蓮、契多時分了、衆月待中哩、
契大衆一路行香、繞此天壇之下、則老僧與先生登
於壇上、看望諸天中有甚麼景象也、衆應介契欲窮
他化路、須待淨居天、同生下內鼓吹唱介衆散花林、
花氣深、如來佛、觀世音、諸天眼、衆生心、三明度、九幽
沉、
天下樂契持劍引生衆上呀、蹬上了天壇月正圓、天
也麼天、真乃是七寶懸、閃星光、高寒露氣鮮、生這天
壇之上、怎生帶寶劍來、契這劍呵、壞天風幾劫緣斷

獨深居本云
宗門警語

天魔卽世纏、恰纔箇步天罡今夜演（生歎介）小生最苦是我父親許下丁丑年相見、則除是今夜生天相見也、

那吒令（契）待見呵、不怕幾重泉、則要你孝意堅、不怕幾重天、則要你敬意虔、不怕幾重緣、則要你道意專這點心黑鑽鑽地孔穿、明晃晃天壇現、敢盼著你老爺爺月下星前、（生問介）老爺兒罷了、螻蟻怎生變了人、（契）他自有他的因果、這是改頭換面、（生）小生青天白日被蟲蟻扯去作眷屬、卻是因何、（契）彼諸有情皆

獨深居本云道破

臧曰重提帶眷屬而來是提醒渲于處

臧曰又提白鸚哥叫蟻子



由一點情暗增上騃癡受生邊處先生情障以致如斯（生）幾曾與蟲蟻有情來（契）先生記的孝感寺聽法之時我說先生爲何帶眷屬而來當時有二女持獻寶釵金盒即其人也

【寄生草】則爲情邊見生身兒住一邊你靈蟲到住了蟲宮院那騃蟲到做了人宅眷甚微蟲引到的禪州縣但是他小蟲蟲湊著好姻緣難道老天天不與人行方便（生）咳小生全不知他是螻蟻大師怎生不早道破也（契）我分明叫白鸚哥說來蟻子轉身你硬認

事
藏曰又提三
煩惱偈

是女子轉身（生）是小生曾聽來（契）便是你問二三聲煩
惱我將半偈暗藏春色頭一句秋槐落盡空宮裏可
不是槐安國第二句祗因棲隱戀喬柯是你因妻子
得這南柯也第三四句惟有夢魂南去日故鄉山水
路依稀此是夢醒時節依然故鄉也（生）小生是曾沉
吟這話來（契）背介便待指與他諸色皆空萬法唯識
他猶然未醒怎能信及待再勾一箇景兒要他親疏（又作餘波）
眷屬生天之時一一顯現等他再起一箇情障苦惱
之際我一劍分開收了此人為佛門弟子亦不枉也

藏曰如今知道了還有情於他麽此宗門派也
獨深居本云一折更醒



〔回介〕淳于生、當初留情、不知他是蟻子、如今知道了、還有、情、於、他、麽、〔生〕識破了、又討甚情來、〔契笑介〕你道。沒有情怎生又要他生天呀、金光一道、天門開了、〔生看驚介〕是也、

〔么篇〕〔契〕一道光如電、知他是那界的天、莫非是寶城開看見天宮院、寶樓開放入天宅、眷寶雲開散作天州縣、〔生〕呀、天上甚麽聲響、〔內風起介〕知他世界幾由延、卻怎生風聲響處星河變、〔內作奏樂報介〕忉利天門開、〔又報介〕檀蘿國螻蟻三萬四千戶生天、〔契作驚

獨深居本云未能冤親平等寫盡人情癡人

介是忉利天門報聲檀蘿國螻蟻三萬四千戶生天你看紛紛如雨上去了也生哎檀蘿國是我之冤仇我這一壇功德顛倒替他生天怎了怎了契笑介

賺煞則你有那答裏冤這答裏緣那蠢諸天他有何分辨生檀蘿殺了南柯多少人馬多少業報契恁蟲豸兒殺害是前生怨但回頭也普地生天生哭介則要見我的親爺我的公主妻也契跟我下了天壇向三十三諸天位下再燒一箇指頂何如生疼也契哎打捱著指輪圓爲滿門良賤點肉香心火透諸天等

總評且莫笑
湻于爲癡漢
世上誰人不
姓湻于也

獨深居本云
情盡二字雅

一箇星兒轉、步天壇你再看天面、那時節敢爺兒相見、重會玉天仙、（契扯生下介）（衆上鼓吹唱前散花林云云下）

第四十四齣　情盡

（生作指疼上）（嘆也、焚香十指連心痛、圖得三生見面圓。小生雖是將種、皮毛上著不得箇炮火星兒、祇爲無邊功德、燒了一箇大指頭、到度了槐蟻生天、如今老法師引我三十三天位下、再燒了這一箇大指頭、重上天壇、專候我爹爹公主生天也、（內風起生驚介

宣統丙辰秋劉傳春姍影樵
藏晉叔本原圖於上海楚園

癡人

臧曰湯生情癡不能忘南柯何況公主夢鳳按汲古竹林葉譜各本爹作爺也

臧曰此下皆湯于種種情障非禪師金剛劍安能破除



天門開了、〔望介〕又在說天話了〔內報介〕大槐安國軍民螻蟻五萬戶口同時生天、〔生喜介〕好了好了分明說大槐安國軍民螻蟻五萬戶口生天。踏南柯百姓都在了則不見爹爹和公主的影響苦了這壇功德

〔香柳娘〕謝諸天可憐、謝諸天可憐、則我爹兒不見又朦朧隔著多嬌面、展天壇近天、展天壇近天、〔拜介〕拜的我心虔有靈須活現、盼雲端悄然、盼雲端悄然、好了、好了、那北上有雲烟、似前靈變、呀天門又開了、〔內

臧曰此渲于
生見父生天

夢鳳按柳浪
汲古竹林葉
譜各本作爺
兒惟獨深居
本作爹兒今
改從之又云
余父見背矣
讀之嗚咽不

風起介（外扮老將上）渲于勞我兒、你父親來了、（生跪
哭介）是我的爹、

前腔（外）歎遊魂幾年、歎遊魂幾年、你孝心平善果然、
丁丑重相面、（生）爹爹兒子生不能事、死不能葬、罔極
之罪也、母親同來麽、（外）你母親久生人世了、則我墳
塋蟻穿、我墳塋蟻穿、卻得這因緣、爹兒巧方便、我去
也、（生哭介）爹爹那裏去、（外）喜超生在天、喜超生在天、
兩下修行、和你人天重見、（生哭介）親爹你也下來待
兒子摩你一摩兒

忍覓　癡人

前腔痛親爹幾年、痛親爹幾年、夢魂長見、那些兒孝意頻追薦、外我都鑒受了、我兒你今後作何生活、生依然投軍拜將、外快不要做他、犯了殺戒、再休題將權、再休題將權、我爲將玉皇邊、還怕修羅有征戰、天程有限、我去也、喜超生在天、喜超生在天、兩下修行、那你人天重見、外下生哭介右相周田三人如前扮上湻于公請起、休得苦傷、生起望介原來是段相國周田三君、衆是也、生右相一向巍間小生卻是爲何右笑介湻于公蟠龍岡風水在那裏周湻于公我被

獨深居本云寥覺關頭

臧曰此見右相周旦三人生天

獨深居本云化境

你氣死也〔生〕我廿載威名都破你所損哩〔旦〕則我田子華始終得老堂尊培植〔右笑介〕這恩怨都罷了如今則感滄于公發這大願我們生天

〔前腔〕右衆是同朝幾年、是同朝幾年、苦留恩怨也厭似南柯功德和那檀蘿戰弄精靈鬼纏、弄精靈鬼纏識破枉徒然有何善非善〔內鼓吹介衆請了〕國王國母將到、〔合〕喜超生在天、喜超生在天、兩下修行和你人天重見〔下〕〔生〕是國王國母模樣也〔跪迎介〕

〔前腔〕王同老旦衆掌扇擁上立江山幾年、立江山幾

描摹足相
臧曰此見國王國母生天癡人

年、見介生前大槐安國左丞相駙馬都尉臣淳于棼
叩頭迎駕王淳郎淳郎淳郎生受你了、老旦淳郎別時曾
說來你若垂情自有相見之期那些外甥子通跑上
天去了你可見生不曾見哩、老旦都做天男天女了、
階一門良賤爲天眷屬非魔眷生敢問此去生天比
大槐宮何如、王去三千大千去三千大千、不似小千
般如沙細宮殿淳郎我去也公主和宮眷們後面來、
合喜超生在天、喜超生在天、雨下修行、和你人天相
見、下、生叩頭送起介公主將到小生竦身以俟算來

臧曰此見瓊
英靈芝上真
三嫗生天

二十載南柯許多恩愛。望介還不見、怎的、又望介雲
頭上幾箇宮娥彩女來也、
前腔小旦道扮同老旦貼上誤烟花幾年、誤烟花幾
年、寂寥宮院、生又不是公主、是上真仙姑靈芝夫人、
和瓊英姐、老旦衆笑介那涓于浪子風流面、見介生
三位天仙請了、老旦歎介涓耶、涓耶、我四箇人滚的
正好、被那箇國人的狗才。打斷了我們的恩愛。生那
裏是國人。便是那不知趣的右丞相小旦如今這話
休題了、生三位天仙下來、我有話講哩、貼我們是天

臧曰此見瑤芳公主生天

身了、怎下的來、老旦便下的來、你人身臭、也不中用、

最人身、可憐、最人身、可憐、我天上有好因緣、你癡人、

怎相纏、貼去也、公主來了、合喜超生在天、喜超生在

天兩下修行、和你人天重見、下內風起介生這陣風

好不香哩、聽介你聽雲霄隱隱環佩之聲、的是公主

到也、拱望三次還數介內風又起介

北新水令旦扮公主上則那睡龍山高處彩鸞飛、這

又是一程天地、金蓮雲上踹、寶扇月中移、輾破琉璃、

我這裏順天風響霞帔、生哭介兀那天上走動的、莫

癡人

不是我妻瑤芳公主麼、(旦)是我滔郎夫也、久別夫君、
奴在這雲端稽首了、我爲妻不了誤夫君、(生)廿載南
柯恩愛分、(旦)今夕相逢多少恨、(合)萬層心事一層雲、
生叩頭介、公主感恩不盡了、你去後我受多少磨折
你可不不知、(旦)都知道了、
南步步嬌(生)受不盡百千般東君氣、和你二十載南
柯裏、無端兩拆離、則一答龍岡到把天重會、恰些時
弄影彩雲西、還祇似、瑤臺立、著多嬌媚、(生)公主妻呵、
快下來有話說、(旦)我下不來、(生)怎下不來也、妻呵、

也好做些雲雨



北折桂令〔旦〕我如今乘坐的是雲車走的是雲程站的是雲堆、則和你雲影相窺、雲頭打話、把雲意相陪、〔生〕自公主去後、我好不長夜孤悽、〔旦〕你孤悽麽、可知你一生奇遇、虧了那三女爭夫、我臨終數語因誰、〔生〕知罪了、、、、、、、公主也則是一時無奈結箇乾姊妹兒〔旦〕你則知道、、、、、、、、、、、、、、一霎時酒肉上朋情姊妹早忘了二十載花頭下、、、、、、、、、兒女夫妻〔生〕你如今做了天仙想這些小事都也不在懷了、則是我常想你的恩情不盡、還要與你重做夫妻、

謔至此極矣

【南江兒水】我日夜情如醉、相思再不衰、（公主）我怕你生天可去重尋配、你昇天可帶我重爲贅、你歸天可到這重相會、三件事你端詳傳示、（哭介）你便不然呵、有甚麼新、穎、天上希奇也弔下些人間爲記、（旦）淳郎你旣有此心、我則在忉利天依舊等你、爲夫則要你加意修行、（生）天上夫妻交會可似人間、（旦）忉利天夫妻就是人間、則是空來並無雲雨、若到以上幾層天去、那夫妻都不交體了、情起之時、或是抱一抱兒、或笑一笑兒、或嗅一嗅兒、夫呵、此外便祇是離恨天了、（歎介）

獨深居本云
又一典故
妙甚

愛鳳按各本
無呀字從葉
譜補

獨深居本云
節節靈通



天呵、

北雁兒落帶得勝令（雁兒落）但和你蓮花鬚坐一回、恰便似綫穿珠滾盤內、便做到色界天和你調笑咦、則休把離恨天胡亂踹、（生）看了芳卿在雲端就是嫦娥、（旦）你不知嫦娥也就是人間常蛾化作蛾兒飛上天去則他在桂樹下奴家在大槐宮（得勝令）呀都一般宮苑不低微、你登科向大槐比應舉攀丹桂都一樣上天梯（歎介）你便宜見天女無迴避、傷悲怎的俺這俏（忽轉）雲頭漸漸低（旦做、墜、下、生抱介）（旦）呀怎的弔下來、（生）

臧曰了前叫妹子公案獨深居本云一字不放過

夢鳳按獨深居本白作你好收了柳淚汲古竹林各本作湻郎記取獨深本云蟻借你音巧妙

我的妻呵、旦人天氣候不同、靠這些兒也哥、生你怎生叫我哥、旦你也曾在此寺中叫我一聲妹子、生想介是曾叫來、旦你前說要箇表記兒這觀音座下所供金鳳釵小犀盒兒此非湻郎一見留情之物乎、生想介是也、旦稽首佛前取金釵犀盒與生接介湻郎湻郎記取犀盒金釵我去也、生接釵盒扯旦跪哭介

南僥僥令我入地裏還尋覓你昇天肯放伊、我扯著你留仙裙帶兒拖到裏少不得蟻上天時我則央及蟻。旦你還上不的天也、我的夫呵、生我定要跟你上

妙甚

臧曰紙撚兒還不曾打噴嚏是宗門語

獨深居本云妄想濃處痛下一棒狂心頓歇歇即菩提

天、（生旦扯哭介）（契猛持劍上砍開唱呀字後介）（旦急下介）（生騃跌倒介）

【北收江南】（契）呀、你則道拔地生天是你的妻、猛撞頭在那裏、你說識破他是螻蟻那討情來、怎生又是這般纏戀、（歎介）你睜著眼大槐宮裏睡多時、紙撚兒還不曾打噴嚏、你癡也麽癡、（忽轉）你則看犀盒內金釵怎的提、（生醒起看介）呀、金釵是槐枝、犀盒是槐莢子、咱要他何用、（擲棄釵盒介）我淳于棼這纔是醒了、人間君臣眷屬、螻蟻何殊、一切苦樂興衰、南柯無二、等爲夢

大徹大悟

臧曰此從金剛經拾得來獨深居本云盡可禮三拜依位立達磨曰汝得吾髓

境何處生天小生一向癡迷也

（南園林好）咱爲人被蟲蟻兒面欺一點情千場影戲做的來無明無記都則是起處起教何處立因依（契）你待怎的（生）我待怎的求衆生身不可得求天身不可得便是求佛身也不可得一切皆空了（契）喝住介空箇甚麽（生）指手笑介合掌立定不語介

（北沽美酒帶太平令）（沽美酒）（契）衆生佛無自體一切相不真實（指生介）馬蟻兒倒是你善知識你夢醒遲斷送人生三不歸可爲甚斬眼兒還則癡有甚的金釵

臧曰此曲可以醒世

獨深居本云人似蟻文家絕妙倒法作收句振起全部精神

槐葉兒（太平令）誰教你孔兒中做下得家貧橫枝兒上立些形勢早則白鸚哥洩漏天機從今把夢蝴蝶掐了羽翅我呵也是三生遇奇還了他當元時塔錐有這些生天蟻兒呀要你衆生們看見了普世間因緣如是（衆香旛樂器上同契大叫介）淯于生立地成佛也、（行介）

（清江引）笑空花眼角無根係夢境將人殢長夢不多時短夢無碑記普天下夢南柯人似蟻（衆拜介）萬事無常一佛圓滿（下）

似回向妙

總評讀此記竟而不大悟者真夢漢也即蟻子亦不如是也臨川先生大法師也

集　春夢無心祇似雲、一靈今用戒香熏、

唐　不須看盡魚龍戲、浮世紛紛蟻子羣、

玉茗堂南柯記卷下終

南柯記本唐人小說靜志居云此記記悟徹人天勘破蟣蝨言外示幻居中點迷直與大藏宗門相脗合此爲見道之作亦淸遠度世之文也山陰王謔菴比部意在校刊此記彙成四夢見快雨堂久絲館重刻淸暉閣本牡丹亭還魂記凡例並列著壇原刻凡例七條其第五條有言本壇原擬並行四夢廼牡丹亭甫就本而識者已口貴其紙人人騰沸因以此本先行海內同調須善藏此本俟三夢告竣彙成一集佳刻不再珍重珍重云云其矜貴可想厥後三夢終未見

行世竹林堂刻四夢亦祇牡丹亭還魂記一種爲山陰王謔菴清暉閣批校本快雨亼繇僅刻牡丹亭還魂記一夢其餘三夢亦未刻有傳本余彙刻雜劇傳奇五十種於四夢更能無佳刻精本乎還魂記前已據十行二十二字本刊行並以鈕少雅按對大元九宮詞譜格正全本牡丹亭還魂記詞調附後藉作校記紫釵記則據竹林堂本邯鄲記則據獨深居本此記初亦據獨深居點次本嗣得柳浪館批評本前載目錄聯綴圖畫惜畫有殘缺卷首有總評一葉右角

下鈐三槐堂朱文大長方印第一葉右角下鈐華韋齋朱文小方印吳趨里人白文小方印是經雅宜山人所藏柳浪館或刻有四夢曾於清暉閣刻牡丹亭還魂記凡例中見有引及柳浪館本其爲前明舊刻可知而所得惟此南柯記餘亦未之見卽依此本付刻批評圈點極其謹嚴復合獨深居題辭批語圈點於一本柳浪館本無邊批並從獨深居本採入字句偶有異同加以按語標出書眉獨深居本批評亦有從柳浪館本蓋柳浪館本刻在前也眉批未加標注

者皆爲柳浪館本原批有採臧吳興獨深居兩本者則標明臧曰及獨深居本云以別之獨深居本亦復審慎間有偶改一二字多因不合韻腳非如臧吳興任意改竄直似與清遠爲仇要如臧之改訂折目删節曲詞皆取便於場上演唱故於扮色最詳亦有可取又以汲古閣竹林堂各本互相勘訂如第一齣柳浪館汲古閣獨深居三本均目作提世竹林堂本目作提綱因從竹林堂本第三十六齣柳浪館汲古閣竹林堂目作還朝獨深居目作議塚臧吳興本目作

議葬是齣多言葬事改從臧本清遠填詞往往得意疾書不甚檢核宮譜以故譌舛致多葉懷庭納書楹譜考訂極精並從葉本校正扮角有照臧本關白參用毛本圖像則全橅臧本俾四夢皆歸一律擇善者而從焉庶以暴清遠之真面亦可補清暉之缺憾不敢謂此記之功臣也世傳四夢旣鮮善本今以四家各刻之一夢集爲四夢又據諸本互校乃成此佳刻海內同調其亦有如清暉所云善藏而珍重之者耶

宣統丙辰新秋南山村劉世珩識於楚園

楚圃先生此刻据柳浪館本復以諸本互校余又依葉氏納書楹譜訂正曲牌詞句取莊邸大成宮譜分别正襯格式其改訂曲牌處如樹國折之劍器令貳館折之步蟾宮玩月折之小桃紅生恣折之鴨香三枝船赤馬兒雙赤子拗芝蔴之類皆舊刻所訛而今刻正之也其補正詞句處如引謁折絳都春序第二曲云便衣衫未整造次穿朝原脫未整二字得翁折醉太平曲云這遇妻之所拾得親父原脫之字粲誘折金落索秋波選俊郎脫俊字御餞折尾聲云看他

們時至宣風化原作看他們時至氣化錄攝折字字雙第二曲云山妻叫俺外郎郎原作山妻叫俺是外郎召還折集賢賓曲云論人生到頭難悔恐原作論人生到頭成一夢象讒折尾聲云且奪了淳于親侍衞原作且奪了淳于梦侍衞尋寤折繡帶兒曲云還鄉定出了這一座大城宛是我昔年東來之徑諸刻皆作白文此皆不諧格律亦舊刊所訛也他若繫帥折之滴滴金四門子生恣折之解三醒句法乖異不可繩以舊式余以沈寗菴南曲譜李玄玉北詞譜與

莊邸九宮大成譜互勘格正之三曲中以解三酲爲
尤難臧晉叔所謂楊花腔格今世不傳無從考究矣
又集調誤爲正曲么篇書作前腔體例有所未安者
亦一一釐訂之至於齣目之同異角色之分配具詳
楚園跋中不復贅云丁巳孟春長洲吳梅校畢並跋

玉茗堂南柯記跋終

ISBN 978-7-5010-7364-1
9 787501 073641 >
定價：120.00圓